KB097566

100세 철학자의 행복론

100세 철학자의 행복론

김형석 지음

열림원

행복은 어디에 있는가

서문

사랑이 있었기에 행복했습니다

호주의 한 목사님이 세계 여행을 하다가 평양에 있는 우리 중학교에 와서 설교를 했다. 설교 후에 "내가 여러분을 위해 수수께끼 하나를 남기고 가는데, 맞히는 사람은 상을 받으세요"라면서 "세상에서 제일 강한 것이 무엇인가?"라는 문제를 내었다.

아이들의 생각은 다양했다. 코끼리, 지구의 인력, 태양의 열과 빛까지 있었다. 나는 '세상을 살아가는 데에 무엇이 강하겠느냐?'라는 물음이었을 것이라고 생각했다. 그래서 "세상에서 가장 강한 것은 '정의'입니다. 사람이 의롭게만 살면 두려울 것이 없기 때문입니다"라는 대답을 써냈다.

일주일쯤 지난 뒤에 교장 선생이 시상을 했다. "세상에서 제일 강한 것은 사랑입니다"가 1등을 받았다. 3학년 선배였다. 나는 그와 반대였다. 사랑보다는 정의가 강하다는 생각에는 변함이 없었다. 그런데 2등은 '정의'라면서 교장 선생이 내 이름을 불렀다. 상은 성경책이었다. 나는 뒷면에 적힌 2등이라는 글자를 ×로 지우고 1등으로 바꾸어 썼다. 정의가 사랑보다 강한 것은 틀림이 없기 때문이었다.

그렇게 살면서 10년이라는 세월을 보냈다. 숭실중학은 폐교가 됐고, 일본 학교로 편입되었다. 고학을 해서라도 대학 생활은 계속했다. 일본 도쿄에서였다. 많은 사람의 후원과 도움을 받았다.

그동안에 내 생각에도 변화가 찾아왔다. 나를 위해 사랑을 베풀어준 여러 사람이 정의로움만 따졌다면 나는 그 시련과 난국을 극복하지 못했을 것이다. 조건 없는 사랑이 나를 구출할 수 있었다. 특히 일본 크리스천 교수들의 사랑과 일본 교회 목사님들의 조건 없는 도움은 내 생각을 바꾸어놓았다. 사랑은 정의보다 강하며, 정의를 완성시키는 가치가 사랑이라는 것을 깨닫게 되었다.

그러면서 또 수십 년의 세월을 보냈다. 나는 한 차원 더 높은 인생의 가치를 발견하면서 살았다. 모든 사람이 추구하는 행복은, 사랑과 더불어 태어나 자란다는 체험이었다. 사랑이 없는 곳에는 행복이 머물지 못하며 사랑의 척도가 행복의 표준이라는 사실을 알게 되었다.

100세를 앞두고 한 대학에서 상을 받았다. 나는 수상 소감을 말했다. "나는 상을 받을 자격이 없습니다. 특별한 직책을 맡은 일도 없었고 자랑할 만한 업적도 없습니다. 나보다 훌륭한 분들이 많은 것도 잘 압니다. 수상할 자격이 한 가지 있다면 '오래 사시느라고 고생 많이 하셨습니다' 상이라면 받겠습니다"라고 하자 모두 웃었다. 나는 한마디 더 추가했다. "그 많은 고생에도 사랑이 있었기에 행복했습니다"라는 고백이었다. '사랑이 있는 고생'이 없었다면 내 인생도 무의미하게 사라졌을 것이다.

그런 과정을 밟는 동안 남겨진 이야기들을 여기 실었다.

사랑이 있었기에 나는 행복했습니다.

여러분도 행복하세요.

2022년 11월

김형석

차례

3부 ——— **인생을 사랑하고 즐기는 마음**

4부 ——— **삶의 완성으로 가는 길**

1

행복이 머무는 자리

인생의 층층대를 걸어 올라가는 사람은
그 층계 하나하나에 인생의 뜻을 두면서 오르는 것이다.
그때그때의 의미와 감사를 모른다면
결국은 마지막 층계에 오른 즐거움밖에는
남을 바가 없지 않겠는가.

지금 여기에 있는 그것, 행복

누구나 행복을 구한다.

그래서 행복이 목적인 것으로 착각하는 경우가 있다. 행복해지기 위해서 일을 한다는 생각은 할 수 있다. 그러나 행복이 먼 앞날에 있는 것은 아니다. 행복이 미래에만 있다면 인간은 행복해질 수가 없다. 미래는 아직 오지 않았고 우리는 현재에 살고 있기 때문이다.

그렇다고 행복이 과거에 있는 것은 더욱 아니다. 과거는 이미 사라져 없어졌기 때문에 과거의 행복도 있을 곳이 없다.

그러면 행복은 어디에 있는가. 행복이 머무는 곳은 언제나 현재뿐이다. 지금 여기에 있는 행복이 행복이다. 그런데 현재라는 시간은 하나의 과정이며 흐름이다. 미래에서 현재를 거쳐 과거로 간다고 해도 현재는 지나가는 과정이며, 시간이 과거로부터 현재를 거쳐 미래로 간다고 해도 현재는 지나가는 순간순간이다.

행복이 있다면 이러한 순간으로서의 현재에 있을 뿐이다. 인간에게는 행복에의 기대와 욕망이 본래부터 있으며, 그 행복에의 기대와 욕망을 미래로 예측했을 때 행복이 우리 앞에 있는 것이라고 생각할 수 있다. 그러나 미래를 위해 현재를 공허하게 만들 수는 없으며, 과거 때문에 현재를 잃는 어리석음을 범해서도 안 된다.

그렇다면 행복이 현재에만 머물 수 있고, 현재는 지나가는 시간의 과정이라면, 행복은 과정으로서의 현재에 머물러야 한다는 결론이 된다. 까다로운 이론을 떠나 우리의 현실에서 찾아보기로 하자.

수십 년이 지난 예전의 일이다.

서울대학교에 있는 친구 교수가 전화를 걸어왔다. 재작년부터 신청해두었던 전화가 가설되었기 때문에 전화를 걸어보고 싶어 다이얼을 돌렸다는 것이다. 바쁘지 않으면 몇 분 동안 얘기를 좀 해도 좋겠느냐는 것이었다.

친구의 말투로 보아 그렇게 즐겁고 행복해 보일 수가 없었다. 자기가 전화를 끝낸 뒤에는 부인이 걸어볼 작정이며, 큰딸도 순서를 기다리고 있다는 얘기까지 해주었다.

내 친구만 그런 것이 아니다. 내가 처음 전화를 설치해 들여놓았을 때도 똑같았다. 가족들이 너무 좋아서 어쩔 줄을 몰라했다. 내가 전화를 신청했을 당시에는 신청자가 많아 전화국에서 제비를 뽑았다. 20대 1이나 되는 경쟁에서 뽑혔기 때문에 며칠을 두고 그 뽑히던 얘기를 계속했다. 스릴이 있었던 것도 사실이다. 추첨 장소에서 발표를 기다리며 모인 사람들이 "이제 다 됐지?" "끝내는 거야?" "뭐, 한 사람 더 남았어?" "똑똑히

봐" "그럼 마지막으로 한 사람만 더 뽑는 거야?" 하는데, 마이크에서 "○○번" 하는 것이었다. 그렇게 뽑힌 것이 바로 우리 집 전화였다.

그런 어려움을 거쳐 놓은 것이어서 온 가족의 즐거움은 대단했다. 전화를 어디에 놓는가도 문젯거리였고, 어떻게 곱게 다루느냐며 마음 쓰면서 지냈다.

내 친구도 그런 작은 행복감에 가족과 더불어 젖어 있었던 것이다. 요즘 젊은이들이 들으면 픽 우스운 이야기일 수도 있다.

그런 세월을 지나 요사이 잘사는 가정에 태어나서 자라는 어린이들을 보면 놀랍다. 세상의 그런 즐거움과 행복감을 모르면서 살기 때문이다. 자랄 때부터 갖추고 있었기 때문에 당연한 사물에 대한 고마움도 없으며 행복감도 없다. 누가 전화를 놓고 너무 행복해 즐긴다면 뭐 그런 걸 다 가지고 법석인가 하고 웃어버리고 말 것이다.

많은 가정이 자가용을 가지고 즐기는 시대다. 예전에 내가 처음 차를 샀을 때는 밤에 밖으로 나와 차를 닦으며 야단법석이었다. 내가 아는 친구는 차를 산 날 밤에는 한잠도 못 잤다고 말했다. 사노라면 좋은 세상도 온다며 부인이 좋아했다는 것이다.

그러나 내 친구의 아들딸들에게는 그런 행복이 없다. 태어날 때부터 차가 있어 세상은 다 그런 것으로 생각하면서 인생을 시작할 테니 말이다.

집도 그렇다. 처음에는 셋방에서 살다가 전셋집으로 가는 즐거움이 있고, 도시 변두리의 작은 집을 샀다가 큰 집으로 옮겨가는 성장의 과정 속에서 행복을 누리는 것이다.

부모가 부자이기 때문에 처음부터 큰 집을 얻어 나가는 젊은이들은 부모들이 겪은 아기자기한 행복과 만족감을 맛보지 못한다. 그래서 서양 가정에서는 자력으로 살며 성장하도록 자녀들을 이끌어주는지 모른다. 그래야 자녀가 유능해지며 진정한 행복을 누릴 수 있기 때문이다.

만일 이와 반대로 한꺼번에 삶의 목표에 도달해버리고 만다면 그는 마지막 행복밖에는 누리지 못한다. 등산의 즐거움은 밑바닥에서 높은 정상까지 올라가는 도중에 누리는 것이다. 헬리콥터로 꼭대기까지 수고 없이 올라가고 만다면 등산의 희열은 맛볼 수가 없다.

인생의 층층대를 걸어 올라가는 사람은 그 층계 하나하나에 인생의 뜻을 두면서 오르는 것이다. 그때그때의 의미와 감사를 모른다면 결국은 마지막 층계에 오른 즐거움밖에는 남을 바가 없지 않겠는가.

그런데 여기 더 중요한 문제가 남는다. 등산을 끝낸 사람은 정상에서 내려오지 않으면 안 된다. 등산객은 더 올라갈 곳이 없기 때문에 내려오는 일이 괴롭거나 불행을 동반하지 않는다. 그러나 인생의 과정은 그렇지 않다. 모든 즐거움과 행복은 올라갈 때에 있다. 내려오는 인생은 언제나 슬픔과 불행을 동반한다.

쓴 것이 끝나면 단것이 온다는 말이 있다. 그것을 거꾸로 놓으면 단것이 다한 뒤에는 쓴 것이 온다는 뜻이다. 더 올라갈 인생의 과정이 없는 사람은 불행을 겪어야 한다. 인생의 비극이 여기에 있다.

그래서 농사꾼의 아들은 아버지의 혜택을 받지 못했기 때문에 올라갈 것이 남아 있어도, 부자의 아들은 부모의 은혜를 얻어 높이 올라가 있기 때문에 내려오는 과정만이 있을 뿐이라는 이치가 성립할 수 있다.

부유한 사회의 청소년들보다는 가난한 국가의 젊은이들이 더 행복해질 수 있는 이유가 또한 여기에 있다. 인간은 올라가는 과정에서 즐거움과 행복을 누릴 수 있으나 퇴락하는 과정에서는 고통과 불행을 겪게 되어 있다.

그러므로 우리는 행복을 목적으로 삼고 인생이 그 행복을 향해 날아가는 것이라고 생각해서는 안 된다. 성장과 노력의 과정 속에서 행복을 찾아 누려야 한다.

마음이 가난한 사람이 행복하며 옳은 일을 위해 애쓰는 사람이 행복하다고 예수는 가르쳤다. 마음이 가난한 사람은 언제나 같은 여건에서도 감사와 자족을 누릴 수 있으며, 의를 위해 수고하는 사람은 그 수고가 성장과 발전의 과정이기 때문에 남이 모르는 행복을 누리게 된다.

그러면 부유한 사람은 부유해질 수 있는 가난한 사람보다 불행하며, 높은 지위에 있는 사람은 높아질 가능성을 갖고 있는 낮은 위치의 사람보다 불행한가? 그럴 수 있다. 10억을 가진 사람이 재산이 7억으로 떨어질 때는 불행을 느낀다. 그러나 2억을 가진 사람이 5억의 재산을 얻게 될 때는 행복을 누린다. 예편을 앞둔 대장은 행복을 잃을 수 있다. 그러나 준장으로 올라가는 대령은 희망과 행복을 더 많이 누리는 법이다.

그렇다면 뜨는 태양은 행복을 상징하고 지는 태양은 비참을 뜻하며, 누구나 이 같은 운명에 머물러야 하는 것이 아니겠는가.

그것이 자연의 법칙이다. 그러나 인간은 반드시 그와 같은 자연의 질서에 따르는 것만은 아니다. 인간은 얼마든지 여러 방향으로 성장할 수 있으며, 우리의 삶이 다양하다는 사실을 알게 된다면 판단은 달라질 수 있다.

경제적 여유를 어느 정도 즐긴 사람이 사회봉사나 문화 분야에서 인생의 의미를 찾을 수 있다면 거기에는 색다른 성장과 행복이 찾아든다.

정치나 경제에 기여를 할 수 있는 사람이라면 개인의 재산보다는 사회적 업적에서 더 큰 행복을 얻는다. 문화나 정신적 영역에서 사회에 기여하는 사람은 재산이나 소유물에서 얻는 것 이상의 행복과 가치를 누릴 수 있다. 가난 속에서 무상의 행복을 누린 종교 지도자들은 얼마든지 있었다.

이렇게 본다면 무엇을 소유하는가보다는 어떤 가치 있는 삶을 누리는가가 행복의 조건이 되며, 무엇을 얻는가도 귀하나 이웃과 사회에 무엇을 주는가가 더 큰 행복을 약속해주기도 한다.

그러나 결론은 마찬가지다. 행복은 하루하루의 진실하고 값있는 삶의 내용으로 주어지는 것이지, 욕망이나 환상으로 채워지는 것은 아니라는 생각이다. 욕심은 행복을 놓치게 만들어도 값있는 봉사는 불행을 느끼게 하지 않는다.

그러므로 우리는 오늘 내가 처해 있는 현실에서 더 귀하고 값있는 성장과 노력을 쌓아가야 한다. 그러한 삶의 과정 안에는 언제나 깊은 행복이 솟아오른다.

인격은 최고의 행복이라는 말이 있다. 인격을 계속해서 갈고닦으며 이웃을 섬길 줄 아는 사람은 그 인격적인 삶에서 오는 행복을 누릴 수 있다. 인격은 행복을 담는 그릇이 아니라 행복을 창조하는 주체이기 때문이다.

고난을 견딘 대가

인생에는 고통과 슬픔이 있는 반면 즐거움과 행복이 있다. 그러나 이 둘 중 어느 편이 더 많은가. 옛날부터 많은 사람이 기쁨은 일시적이나 고난은 유구하며, 한때의 만족을 위해서는 오랜 기간의 고통이 선행해야 한다고 생각해왔다.

그러나 생각을 바꾸어 환희의 극치와 고통의 절정을 비교해보면 고통의 짐은 비교가 안 될 정도로 무거운 것이 아니겠는가. 심한 고통이 인생의 모든 의미를 빼앗아가며 죽음이 삶의 가능성 자체를 송두리째 삼켜버리고 만다는 생각을 하게 되면, 결국 인생은 고통과 수난의 길이 아닌가 싶은 회의에 빠지게 된다. 그리고 우리는 언제나 같은 사실을 주변에서 대하고 있다.

왜 인간은 고난의 짐을 져야 하는가. 견딜 수 없는 슬픔에 동참하지 않으면 안 되는가.

나는 내 친구들이 겪어온 수난을 옆에서 지켜보곤 했다.

삼대독자로 자라온 한 친구는 장래가 촉망되는 외아들을 떠나보냈다. 그 아들은 미국으로 유학을 떠나기 위해 온갖 준비를 갖춘 뒤, 마지막으로 제주도 여행에 나섰다가 익사하는 참변을 당했다.

내 제자 한 사람은 애써 독일 유학의 절차를 끝내고 친구들과 야유회에 나갔다가 실수로 생명을 잃었다. 남편의 사망을 겪은 만삭이던 젊은 부인의 모습을 지금도 잊지 못하고 있다.

이런 일들은 어디에나 있다. 그렇게 무거운 고뇌의 짐을 지면서도 인생을 살아야 하는가 싶은 회의를 느끼지 않을 수 없다.

그러면 이러한 고난의 의미는 무엇인가? 왜 인간은 감당하기 어려운 고난의 짐을 지면서 살아야 하는가.

누구도 그 문제를 근본적으로 해결해줄 수가 없다. 그 때문에 예술, 철학, 종교가 탄생하지 않았겠는가.

그러나 다음과 같은 몇 가지 생각은 함께 정리해볼 필요가 있을 것 같다. 우리 모두가 어차피 겪어야 할 고난의 짐이라면 성실과 경건한 자세로 그 해결에 임해야 하겠기 때문이다.

첫째는, 고난은 우리의 삶을 풍부히 해주며 우리 인격을 더 고상히 만들어주는 계기가 된다는 생각이다.

그것은 등산을 하는 사람들이 어려운 코스를 극복했을 때 등산의 희열과 쾌감을 느끼는 것과 비슷하다. 어떤 시련과 고난이 찾아오더라도 최선을 다하여 그것을 과감히 극복하는 사람은 그만큼 값있는 인생을 살 수 있으며, 또 자신의 인격을 보다 고귀하게 육성할 수 있다는 뜻이다.

자녀를 기르는 일은 많은 고난을 동반한다. 사랑하는 아들딸들이 하나하나 자라 성년이 될 때까지 그 부모가 겪는 무거운 고통의 짐과 가슴 아픈 사연은 겪어 본 사람들만이 알고 있다. 그래서 "무자식이 상팔자"라는 말이 전해진다.

그러나 그 무거운 인생의 짐을 지고 어려운 생을 이겨나가는 부모들은 인생을 성스럽고 경건하게 살아갈 수가 있다. 고귀한 품위와 존경받을 만한 인격을 갖추게 된다. 악마는 우리를 유혹하나 하나님은 우리에게 시련을 주신다는 말이 뜻깊이 들려온다. 하나님은 인간을 사랑하기 때문이다.

둘째로, 고난은 이웃과 사람들에게 사랑을 더해준다. 사랑하는 사람들이 고난에 동참한다는 사실이 바로 그것이다.

나는 상처를 한 내 친구의 말을 지금도 기억하고 있다. 아내를 잃고 여러 가지 절차를 끝내고 나니까 세상의 모든 사람이 천사와 같이 보이더라는 이야기다. 자신이 외로움과 슬픔에 잠겨 있을 때, 수많은 친구들이 위로와 동정을 더해주었다는 것이다. 그 사랑을 받고 나니까 사랑을 베풀어준 모든 사람이 천사와 같이 보이더라는 뜻이다. 그 후부터 내 친구는 원수가 없는 인생을 살게 되었다고 말하곤 했다. 사랑을 주고받으면 모든 원한과 질투심이 자취를 감추게 마련이다.

고난에의 동참은 이렇게 고귀한 뜻을 갖는다. 많은 마음의 죄악을 씻고 경건하고 사랑이 넘치는 인생을 살 수 있다면, 우리는 고난의 짐을 나누어 지고 사랑하는 사람들의 고난에 동참하는 일이 얼마나 고귀한 일인가를 깨닫게 된다.

셋째로, 고난은 우리로 하여금 더 진실하고 영구한 삶을 약속해주는 희망이 될 수도 있다.

고난의 극치는 죽음이다. 사랑하는 사람의 죽음을 체험하는 일만큼 충격적인 고난은 없다. 그런 돌이킬 수 없는 고난에도 어떤 의미는 있지 않겠는가.

나는 내 가까운 친지의 경우를 지금도 잊지 못하고 있다.

그는 단란한 가정에서 행복하게 살고 있었다. 그러던 중 일곱 살밖에 안 된 어린 딸이 회복하기 어려운 병으로 눕게 되었다. 부모는 딸의 건강을 위해 모든 정성을 쏟았다. 그래도 딸은 부모를 떠나 죽음의 길을 가고야 말았다.

죽음을 앞둔 딸은 자신의 마지막 순간을 알고 있기나 했듯이 또렷한 유언을 남겼다.

"아버지, 내가 먼저 하늘나라에 가서 아버지를 기다릴 테니까 내가 죽은 뒤에는 술을 끊고 교회에 나가주어야 해……" 하는 말이었다.

딸은 죽음을 앞두고 사랑하는 아버지가 술을 끊고 교회에 나가주기를 원했던 것이다.

딸의 마지막 유언을 들은 아버지는 "그러마" 하고 약속을 했다. 딸은 기쁜 표정을 지으며 눈을 감았다.

그 뒤 아버지는 술을 끊었다. 그리고 말없이 부인과 함께 교회를 찾기 시작했다

지금은 좋은 신앙을 가진 가장이 되었고 모든 사람이 부러워하는 가정을 꾸리고 있다. 그 부인은 가까운 친구들에게 "우리 아이 아빠는 딸의 죽음을 통해 완전히 새로운 인생을 살게 되었다"고 말하곤 한다.

만일 우리의 견디기 어려운 수난의 짐이 이런 변화를

가져올 수 있다면 고난의 의미는 더욱 성스러운 것이 되지 않을까.

종교의 뜻도 바로 이런 것이 아니었을까?

내 육체와 생명, 건강은 물론 삶 자체 모두가
다른 사람들의 도움과 혜택으로 존재한다.
내게 주어진 한 가지 일만 하면 되니
이 얼마나 고마운 노릇인가.
그 많은 사람에게 어떻게 다 보답하면서 살 수 있을까!

고마운 세상에 살고 있다

4·19 학생 의거가 있었던 해 여름이었다.

나는 당시 서울대 총장이었던 최문환 교수, 고려대에서 정치학을 강의하고 있던 조승순 교수와 같이 춘천을 방문하였다. 강연회의 연사로 초청을 받았던 것이다.

강연회를 끝내고 강당 출입문 쪽으로 나오고 있었다. 나보다 약간 연세가 높아 보이는 한 장년이 내 얼굴을 자세히 살펴보면서 물어왔다.

"제가 한 가지 물어보고 싶은 것이 있는데요, 선생께

서 오래전 숭실학교 재학 시절에 평남 영유군 덕지리에 오셔서 여러 날 동안 강연을 해주신 적이 있지 않습니까?"

나는 "예, 그랬습니다. 옛날 일인데 잘 기억하고 계십니다" 하고 대답했다.

"틀림없었군요. 사실은 오늘 제가 선생님 강연을 들으면서, 언젠가 저분의 강연을 들은 것 같은데, 하는 생각이 들었습니다. 그때 덕지리 교회의 집회가 기억에 떠올랐습니다. 확인할 길은 없어도 그 당시에 치아가 몹시 특이하게 보여서, 이나 좀 곱게 생겼으면 좋겠다고 몇이서 얘기한 일이 있었습니다. 그래서 뒤따라오면서 살펴보니까 그때 보이던 치아와 같아 여쭤보았습니다. 찬 반갑습니다. 오늘 강연해주신 내용도 감명 깊게 들었습니다. 안녕히 가십시오."

그는 만족한 모습으로 군중 속에 자취를 감추었다.

나는 못생긴 이도 내 인상을 살려주는 것이라면서 위로를 받았다.

그 뒤 2~3년이 지났다. 나는 왼쪽 앞니 두 개가 썩어 치료를 받아야 했다. 위 치아였기 때문에 뽑으면 볼썽사납기도 할 것 같아 여름방학을 기다렸다가 적십자병원 치과를 찾았다. 내 후배가 치과의사로 일하고 있던 때였다.

몇 차례에 걸쳐 치료를 끝낸 후배가 말했다.

"형님, 제가 치료를 해드렸는데 보철을 해 넣는 일은 자신이 없습니다. 너무 특이한 케이스여서 말입니다. 형님 같은 비정상적인 치아만 취급하는 특수 치과가 있습니다. 화신백화점 뒷골목에 가면 대원치과라는 간판이 붙어 있습니다. 저보다 경험도 많은 선배인데 보철이 어려운 환자들만 돌봐줍니다. 죄송하지만 그것이 형님께도 도움이 되겠습니다."

어떻게 보면 나를 위하는 것 같기도 하고, 생각을 달리하면 쫓겨난 것 같은 기분도 들었다. 나보다 못생긴 치아는 본 일이 없었기 때문이다.

대원치과의 의사는 퍽 친절했다. 몇 차례 살피고 나더니, 특수 공법을 써서라도 남는 치아를 살려보자는 언질을 주었다. 여러 차례의 치료를 거쳐 힘들게 공정을 끝낸 의사가 친절하게 설명해주었다.

"아마 30년쯤은 쓸 수 있을 겁니다. 사고를 일으키거나 크게 무리만 하지 않는다면……. 다시 이가 썩어서 못쓰게 되면 선생님 제자가 치료해드릴 테니, 안심하십시오."

거울을 들여다보니 치료를 받기 전보다 훨씬 보기에 좋았다. 걱정하던 가족들도 이전보다는 미남자가 되었다면서 반기고 있었다.

세월이 지나면 옛날 모습은 잊게 마련이다. 그 치아를 가지고 40년을 살았다. 자연치가 아닌 의치였기 때문에 색깔이 많이 달라져 흉하기는 했어도 긴 세월을 지낼 수 있어 감사했다.

그러던 치아가 다시 못쓰게 된 것이다. 할 수 없이 봉직하고 있던 세브란스 치과대학에서 치료를 받아야 했다. 전부터 내 치아를 보아주던 이 교수가 말했다.

"결국 다시 빼고 새로 해 넣어야겠는데, 이번에는 옆의 치아와 같은 색의 의치를 써야 합니다. 그렇게 되면 보기는 좋아지겠지만 저희들이 오랫동안 지켜보았던 선생님의 이미지와 좀 달라지겠는데요? 서운하셔도 예뻐지시는 편이 좋지요?"

옆에 있던 젊은 의사도 웃으며 말을 덧붙였다

"연세는 많으셔도 예뻐지셔야지요."

정말 예뻐지는 것인지 아니면 작업하기 쉬운 편이니까 다짐해보는 것일지 모를 일이다. 생각해보면 늙었어도 흉한 것보다는 예뻐지는 쪽을 선택하는 것이 당연하기도 하고.

이 교수는 젊은 의사들에게 "옛날에는 지금 같은 재료나 기술이 없어서 이렇게 금속물을 치아 안으로 첨부시켜 보존하는 공법을 사용한 일이 있었다"면서 보여주기도 했다. 아마 역사적인 자료로 남겨둘지도 모르겠다는 생각이 들었다.

어쨌든 봄 늦게 시작한 치료와 보철 작업은 여름에 접어들어서도 계속되었다. 긴 시간이 흘렀지만 어금니나 숨겨진 위치의 치아가 아니라 입만 열면 드러나는 왼쪽 앞니였기 때문에 두 달 남짓 임시로 만든 틀니를 달고 다녀야 했다. 말을 하거나 강연을 할 때는 거북스럽기도 했고 혼자 집에 있는 동안에는 보기에 흉하고 바보스럽기는 해도 없는 편이 편해서 빼놓고 지내기도 했다. 여름이 되어서야 잇몸이 굳었고 옆의 치아들과 균형도 잡혀 공사가 끝났다.

공사라는 말이 과장되기는 해도, 치과에 다녀본 사람들이라면 기술적인 치료와 보철보다는 공사라는 개념이 더 어울린다고 생각할 것이다. 두들겨 맞추기도 하고 땜질도 해야 한다. 임시로 만들었던 의치의 쇠고리를 새로 만드는 경우도 생긴다.

공사가 끝난 뒤 이 교수는 옆의 간호사에게 거울을 가져오라고 하더니 의자에 누워 있는 나에게 물었다.

"전보다 보기가 어떠세요?"

나는 외형이 어떠냐보다는 얼마나 오래 말썽 없이 쓸 수 있느냐가 관심의 전부였는데, 보철 전문 의사들은 환자가 전보다 보기 좋아졌다고 흡족해하는 편을 원하는 것 같았다.

나는 "이제는 조심만 하면 10년은 더 사용해도 됩니

까?"라고 물었다.

"그럼요! 이전 것처럼 색깔도 변하지 않고, 혀가 닿는 안쪽도 쇠붙이가 아니기 때문에 부드럽고 편해집니다. 얼마 동안은 살아 있는 치아가 아니기 때문에 촉감이 좀 이상해도, 오래 지나면 살아 있는 이들과 차이가 없어집니다. 보기는 이전보다 많이 좋아졌지요? 양쪽 송곳니가 워낙 덧니여서 그 이상은 더 예뻐지지 못합니다. 의심스러우시면 이전에 찍었던 웃는 사진하고 한번 비교해보시지요!"

내가 보아도 남만은 못하지만 이전보다 보기 좋아진 것은 사실이었다. 미남자까지는 못 되지만…….

이 교수와 수고해준 몇 사람에게 고맙다는 인사를 하고 나오는데, 이 교수가 한마디 덧붙인다.

"사모님이 계셨으면 기뻐하셨을 텐데……."

나도 돌아서면서 씁쓸하게 대답했다.

"그렇네요. 예쁘다고 관심 있게 보아줄 사람도 없고……. 그래도 평생 고민했던 부담을 덜어주셔서 감사합니다."

이 교수는 '한평생 흉하게 생긴 치아만 보고 살다가 예뻐진 남편의 치아를 보면 기뻐하셨을 텐데'라는 생각이 들었던 모양이다.

집에 돌아와 양치질을 하고 치아를 거울에 비쳐보니, 훨씬 예뻐지기는 했으나 나 같지 않아 보였다. 세월이 지나면 옛날 모습을 잊어버리게 되겠지만.

생각해보면 여러 가지로 고마운 세상이다. 얼마의 비용이 들기는 했으나 수십 년 동안에 여러 분이 정성스레 내 치아를 보아주었기 때문에 지금의 나이가 될 때까지 치아들을 보전하고 사용할 수 있지 않았는가.

치아만이 아니다. 요사이 다 희어지고 가늘어진 머리카락이 보기 흉하게 자라면 이용소 아저씨가 몇 푼 안 되는 대가를 받고 정성 들여 손질을 해준다. 이발사들이 몇 푼 수입 때문에 이런 일은 안 하겠다고 문을 닫는다면 누가 내 머리를 손질해줄 것인가.

나는 또 안경을 쓰기 때문에 안과와 안경점에 가야 한다. 얼마의 돈만 지불하면 최선의 서비스와 도수가 맞는 안경을 구할 수가 있다. 어떤 때는 안경알은 독일에서, 안경테는 이탈리아에서 주문해온다고 들었다. 한 번도 내 얼굴을 보지 못한 사람들의 수고를 손쉽게 받는 셈이다. 안경점 사람들이 모두 그 일을 포기한다면 우리가 어떻게 살 수 있겠는가.

그뿐만이 아니다. 내가 입는 옷이며 신는 구두 모두 세계 여러 지역에서 양을 치고 소를 키워 제공받은 것들이다. 수많은 기술자의 땀과 정성이 쌓여 천과 양복이 되고 구두가 되어 나에게까지 온 것이다. 내가 사용하고 있는 물건들을 위해 세계의 여러 나라 사람들이 수고해준 것이다. 정말 고마운 마음씨와 사람들이다.

물건만이 아니다. 내 지식과 생각도 나를 사랑해준 스승들, 친구들, 때로는 옛날 학자들과 예술가들의 노력으로 얻어진 것이다. 내 노력과 수고의 몇백 배 몇천 배가 되는 정성과 업적을 통해 전달된 것이다.

하기야 내 육체와 생명, 건강은 물론 삶 자체도 모두가 다른 사람들의 도움과 혜택으로 존재하는 것이 아닌가. 내게 주어진 한 가지 일만 하면 되니 이 얼마나 고마운 노릇인가. 그 한 가지 일도 열심히 하자면 모두가 감사하다며 칭찬해준다.

인간은 모두가 한 가지 일로 아흔아홉 가지 은혜에 보답하면서 살아가는 것이다. 그 많은 사람에게 어떻게 다 보답하면서 살 수 있을까! 송구스럽고 죄송한 마음을 금할 바 없다.

행복한 삶은 어디에서 오는가

우리가 교수 생활을 시작했을 때만 해도 모두 가난하게 살았다. 재벌 총수나 정치가들이 본다면 웃음거리도 못 되는 비자금을 가지고 아내들과 희비극을 벌이면서 살아야 했던 시기가 있었다.

내가 대학 신문의 편집을 맡게 되었을 때의 일이다. 학생 기자들에게, 학교에서 원고료가 나오면 지체하지 말고 필자 교수들에게 전해드리라고 당부를 했다. 돈을 가지고 있으면 여러 가지로 부작용이 생길 수 있기 때문이었다.

한 학생이 신과대학의 K 교수님에게 고료를 드리러 갔는데, 연구실 문이 잠겨 있었다. 그 학생은 옆방에 있는 E 교수님을 찾아 어떻게 하면 좋겠느냐고 물었다. E 교수는, "저 언덕 뒤 사택에 사시니 직접 전달하면 되겠다"라고 가르쳐주었다.

학생이 K 교수 댁을 찾아갔더니 사모님만 계셨다. 사모님께 원고료를 가져왔으니 받으시고 영수증에 도장이나 사인을 해주시면 감사하겠다고 설명을 드렸다.

사모님은 "대학 신문에도 고료가 있습니까?"라고 물었다. 학생은 많지는 않지만 고료는 꼭 지불한다고 대답했다. 사모님은 이상하다는 표정을 지으며 도장을 찍어주고는 "전에도 고료를 드리곤 했나요?"라고 확인했다. 물론 학생은 "네. 교수님이 직접 찾아가신 때도 있습니다"라고 대답할 수밖에…….

그날 늦게 K 교수가 집에 돌아왔는데 아내가 심상치 않은 표정으로 입을 열었다.

"나 한 가지 따져야 할 일이 있으니, 거기 좀 앉으세요."

아무것도 모르는 K 교수는 "무슨 일인데요? 애들은 다 돌아왔어요?"라고 물으며 자리에 앉았다.

"대학 신문에 고료가 있어요, 없어요?"

대뜸 따지고 드는 아내의 말에 K 교수는 속으로 '큰 사건은 아니로구나' 생각하고는 시치미를 뗐다.

"우리 대학인데 교수에게 무슨 고료가 있나? 학교 밖의 사람이 썼다면 모르지만……. 그런 건 없어."

딱 잘라 대답하는 K 교수에게 아내는 "지금까지 한 번도 받은 일이 없지요? 앞으로도 없을 것이고……?"라고 재차 물었다. K 교수는 돌아서기에는 늦었다는 생각에 얼른 답을 던졌다.

"별걸 가지고 다 야단이야. 지금까지도 없었고 앞으로도 없을 테니까 걱정 마."

K 교수가 옷을 벗으려고 일어서는데, 아내가 그를 말렸다.

"잠깐만 앉아 계세요. 보여줄 것이 있으니까……."

아내는 영수증의 한쪽을 내밀었다.

물증이 나오자 K 교수는 어쩔 도리가 없었다. 그저

건성으로 "그거 참 이상하다. 그런 일이 없었는데……" 라고 중얼거리면서 얼른 자리를 떴다. 화가 치민 아내는 "다른 교수도 아니고 목사님이 거짓말을 할 수 있느냐"며 불만을 터뜨렸다.

다음 날 학교에 온 K 교수는 자초지종을 짐작하게 되었다. 나에게 전화를 걸더니 아내에게 혼났다는 얘기를 하면서, 자신 같은 경우가 또 생길지 모르니까 학생들한테 본인에게 직접 전달하도록 주의를 주라는 부탁까지 해왔다.

지금 K 교수는 정년을 넘기고 지방 모 대학의 총장직을 맡은 지 오래다. 총장이 된 지금은 고료를 가지고 싸우지 않을 것이다. 그러나 몇 푼 안 되는 고료를 가지고 아내와 말다툼을 하던 그 시절의 행복은 다시는 없을 것이다. 혹시 손자들에게 우리는 그때 그렇게 살았단다, 라고 얘기할지도 모르겠다. 손자들이 "할아버지 할머니 중에 누가 이겼어요?"라고 물으면 "죄 지은 사람이 지는 법이지……"라면서 온 가족이 웃었을 것 같다.

고려대학교의 조 교수는 널리 알려진 경제학자다.

어느 날 그는 대학 후배도 있는 자리에서 하소연을 했다.

“요사이는 비자금을 숨길 곳이 없어졌다니까. 바지, 시계 주머니에 두었다가 들켰지, 사전 속에 숨겨두었는데 어떻게 냄새를 맡았는지 또 빼앗겼지, 감출 곳이 없어.”

대학 후배였던 정 교수가 말했다.

“좋은 곳을 가르쳐드릴까요? 모자 안쪽 땀받이 테두리에 돈을 접어 넣으면 감쪽같답니다.”

그 당시에는 모두가 모자를 쓰고 다녔다. 조 교수는 웃으며 말했다.

“그거 좋은 아이디어인데, 그 방법을 써봐야겠군. 마누라가 한두 번 찾아내더니 이젠 도둑 잡는 형사같이 그 연구만 하는 것 같아.”

얼마가 지난 뒤 몇몇 교수가 다방에서 함께 차를 마시게 되었다. 누군가가 찻값을 내야겠는데, 정 교수 생각에 선배인 조 교수의 모자에 비자금이 있을 것 같았다. 때마침 조 교수가 화장실에 간 틈에 그의 모자 땀받이를 보니 지폐가 몇 장 들어 있었다. 한쪽에 있는 지폐 두 장을 빼 가지고 있다가 정 교수가 계산대로 가며 말했다.

"오늘 찻값은 제가 내겠습니다."

다른 교수들이 "혼자 내면 미안해서 어떻게 하지?" 라고 말하는데 조 교수는 흐뭇한 표정으로 말했다.

"그래, 후배가 내는 것이 좋겠어."

그리고 한 달쯤 지났다. 조 교수가 정 교수에게 와 투덜댔다.

"또 들켰어. 모자 안까지 뒤질 줄이야! 그런데 이상하게도 한쪽 것만 빼내고 다른 쪽의 돈은 그대로 두었단 말이야. 이거 안 되겠다 싶어 나머지는 양말 속에 넣고 다녔지."

정 교수는 웃음이 났지만 내가 그랬다고 할 수도 없고, 사모님께 들킨 것으로 믿고 있는 선배에게 계속해서 숨기기도 애매했다. 언젠가는 찻값을 모자에 도로 넣어주려고 했던 계획도 무위로 그치고 말았다.

나한테 그런 사연을 털어놓은 정 교수는, 후에 그 사실을 밝히면서 선배 교수에게 저녁 대접이라도 했을 것이다. 선배의 돈으로 생색을 내고 모르는 체할 정 교수는 아니니까.

그다음부터 조 교수의 과에서는 과장실 조교에게 비자금들을 맡겨놓고 찾아서 쓰곤 했다고 들었다. 사모님들은 당신네들끼리 또 연합작전을 펴기 때문에 가장 안전한 방법을 연구해냈던 것이다.

조 교수와 대학 동기였던 S 교수를 얼마 전에 만났다.

"요사이는 밖으로 외출하는 일이 많지 않으시지요? 역시 연세가 높으시니까."

내 인사에 그가 웃으면서 말했다.

"박 대통령이 유비무환이라고 했는데 내가 그만 실수를 했답니다. 정년퇴직 이전에 비자금 통장을 하나 만들어두는 건데……. 믿을 사람은 마누라밖에 없으니 재정권을 다 맡겼지요. 그런데 주말마다 주는 용돈이 계속 줄어들더니 요사이는 택시 탈 돈도 안 주는 거예요. 그렇다고 아들이나 며느리한테 달랄 수도 없고. 수

입이 있을 때 비자금 통장을 꼭 만들어두는 건데, 잘못했단 말이야. 경제학과 조 교수는 역시 경제학을 해서 그런지 비자금을 장만해두었다는군요. 그러니까 마누라한테 구걸하지 않아도 되고."

S 교수는 짐짓 조 교수를 부러워하는 느낌으로 말했다. 웃는 모습이 청소년기의 밝은 표정을 그대로 풍기고 있었다.

요사이 직장인들에게는 웃음거리에 지나지 않을 이야기다. 더욱이 돈 많은 사장들이 들으면 잠꼬대하느냐고 코웃음 칠 것이다. 그러나 가난했기 때문에 행복했던 그 시절은 다시 오지 않을 것 같다.

그즈음, 서울대 문리과대학에서는 월급날이 되면 회계과 입구에 내역이 인쇄되어 있는 빈 봉투가 수십 통씩 따로 비치되어 있었다. 월급을 미리 가불해 썼기 때문에 집에 빈 봉투를 들고 들어섰다가는 체면이 서지 않아서였다.

그러나 더 주요한 목적은 비자금을 떼어내기 위해서였다. 지급 항목에서 얼마씩 빼내고 다른 액수를 써넣어 아무도 눈치 못 채게 하는 방법이었다. 그것도 옆집에서 가까이 드나드는 친구들은 항목과 액수를 사전에 맞추면서까지 비자금을 장만하곤 했다.

내가 있던 대학의 K 교수는 오랫동안 유럽에서 살았다. 외국인 부인과 함께 귀국해서 우리 대학으로 부임해왔다. 그 당시에는 25일이면 월급봉투를 들고 집으로 갔다. 강의가 없는 교수도 그날은 모두 출근하기로 되어 있었다. 월급 때문이었다. 교수 회의는 그날에 하면 출석률이 가장 좋았다. 안 나오는 교수가 없었으니까.

그런 경험을 처음 해본 K 교수의 이야기다.

"독일에 있을 때는 월급이 직접 은행 통장으로 들어오니까 마누라가 먼저 차지하고 나는 얻어 쓰는 신세였는데, 요사이는 월급날만 되면 마누라가 친절하고 곰살맞게 군다니까요. 한 달 내내 기를 펴지 못하고 살다가 25일만 되면 어깨를 펴고 큰소리 한번 쳐보는 재미가 괜찮아요. 월급 타고 사나흘은 마누라가 꼼짝 못하거든요."

역시 한국식이 최고라는 것이었다.

그러다가 누군가가 비자금 빼내는 방법을 가르쳐준 모양이었다. 몇 가지 방법을 들은 K 교수는 슬그머니 비자금을 장만해 과 조교에게 맡겨두고는 필요할 때마다 찾아 쓰곤 했다. 그 비자금 덕택에 나도 몇 차례 커피를 얻어 마시곤 했다.

그러던 것이 몇 해 뒤부터는 우리 대학도 통장에 급여를 입금시키는 제도로 바뀌고 말았다. K 교수는 섭섭한 듯이 웃으며 말했다.

"독일식이 되어버리면 한 달에 한 번씩 어깨를 펴고 들어가던 권위가 사라지겠는데……."

지금은 그도 정년퇴직을 하고 평소 염원해오던 번역에 전념하고 있다. 아마 지금은 비자금이 필요 없을 것이다. 생활수준도 높아졌고, 부인도 한국식 풍토를 잘 알기 때문에 그 방법은 통하지 않을 것이다. 그나저나 부인에게 전에 있었던 비자금 사건을 알려주었는지, 아니면 여전히 비밀을 지키고 있는지 궁금하기는 하다.

지금은 교수들의 사회적 지위가 자리 잡혔고, 안정된 봉급생활을 하며 65세까지 생계가 보장되니 사모님들의 불만도 적어졌을 것이다.

요즘 TV나 신문에는 온통 돈벌이 이야기뿐이다. 신지식인은 돈 버는 방법을 창출해내는 기술자들로 바뀌고 말았다. 그렇다고 지금 활동하는 사람들이 비자금을 숨기면서 살던 그 세대의 지성인들보다 행복한지는 모르겠다.

때로는 가난했어도 행복했던 시절이 그리워지기도 한다. 가난했어도 돈의 노예가 되지는 않았던 생활이었다. 물질적으로는 아쉬움이 있었어도 정신적 풍요로움을 만끽하면서 살던 시절이었다. 돈을 버는 신지식은 아니었어도, 사상적 뿌리를 잃지 않았기에 목적 없이 갈팡질팡하는 정신적 빈곤은 없던 삶이었다.

생각해보면, 가장 행복한 삶은 물질적 빈곤 속에서 정신적 부를 창출해내는 일이었다. 그것은 적게 소유하더라도 많은 것을 나누어줄 수 있는 값진 인생이었다. 그 뜻이 있었기에 오늘의 물질적 풍부함이 열매 맺지 않았을까.

감사를 아는 마음

내가 잘 아는 한 교수님의 이야기가 생각난다.

그분이 처음 일본에 갔을 때 택시를 탈 일이 있었다. 운전기사가 대단히 늙어 보여서 연세를 물었더니 72세라는 것이었다. 그 나이에도 운전이 잘되느냐고 다시 물었다. 그 기사는, 금년에도 신체검사에 합격했고 오랜 운전 경험으로 시야가 넓기 때문에 충분히 할 수 있다는 것이었다. 그러면서 평생소원이 75세까지 문제없이 운전을 끝내고 고향에 돌아가 쉬는 것임을 말해주었다.

택시가 호텔 앞에 도착했을 때 기사가 먼저 내려 트렁크를 열어 짐을 돌보아주고는, “즐거운 여행하세요” 라는 인사와 더불어 가랑비가 내리는 아스팔트 위를 달리더라는 것이었다. 그런데 이 친구는 그 노인에게서 정성과 감사를 느꼈다는 것이다. 작은 일을 하는데도 정성껏 최선을 다하며 자기 직업에 대한 감사의 마음을 지니고 있었다는 얘기였다. 옛날 시골에서 초등학교를 졸업하고 도쿄까지 와 70세가 넘을 때까지 운전을 할 수 있었다는 일에 대해 진심으로 감사를 느끼는 표정이었다는 것이다.

만일 우리가 한국전쟁 직후에 산다고 생각해보자. 지금의 취업난보다 더 지독하게 우리 대부분이 무직자였을 것이다. 직장이라는 게 아예 없었기 때문이다. 젊은이들의 상당수는 구두닦이를 했을 것이며, 나이 든 사람들은 지게꾼이 되어서 짐을 날랐을 것이다. 지금도 개발도상국에 가면 비슷한 상황을 쉽게 볼 수 있다. 직장이라는 곳에 한번 다녀봤으면 좋겠다는 하소연들을 한다.

그렇다면 지금 우리가 그 어떤 일터에서 작은 일을 하더라도, 그 일을 하고 있다는 사실에 감사하는 마음을 가져도 좋을 것이 아니겠는가. 그것이 누구의 공로라든가 정부의 지도력 때문이기에 감사하자는 말이 아니다. 세상에 태어나서 남과 같이 일할 수 있으며, 일을 갖게 되었다는 사실에 감사한다는 것은 당연한 일이기 때문이다.

나는 1947년 여름에 삼팔선을 넘어 남하하였다. 셋방이 없어 아는 사람의 문간에 머물게 되었다. 이부자리가 없고 방을 따뜻하게 할 연탄이 없어 산에서 솔방울과 솔잎들을 주워다가 불을 지피면서 보냈다. 잠자리에 들 때 옷을 벗는 것이 아니라 있는 대로 입어야 체온을 유지할 수 있는 상황이었다.

그때 나는 어떤 중고등학교의 교사로 취임하게 되었다. 취직이 결정되었다는 소식을 들은 내 아내는 금년 겨울에는 시골로 쌀을 사러 가지 않아도 되느냐고 반기면서 눈물을 글썽였다. 쌀을 날라다가 팔기도 했기 때문이다.

오늘날 안타까운 것은 노동 현장의 악조건과 분규가 심해지기 시작하면서 직장에 대한 직장인들의 불평과 불만이 높아졌고, 노사 간의 상호 고마움과 감사의 뜻은 약화된 것이다. 크게 불행스러운 일이다.

나는 평생을 교직에 몸담으면서 같은 일에도 감사하는 마음으로 일하는 친구들은 모두가 행복하고 일의 성취력도 앞서 있으나, 불만과 불평이 많은 동료들은 스스로 불행을 자초해서 일의 성과도 뒤처지는 것을 많이 보아왔다. 세월이 지나면 마침내는 감사할 줄 아는 직장인과 기업인이 성공하는 것이 보통이었다.

예전 한때는 불평과 불만을 터뜨리기 위해 직장을 찾는 사람도 없지는 않았다. 만족스러운 일자리에 대한 열망으로 불평을 갖기 전에 내 기술과 경력의 성장을 먼저 생각하면 어떨까. 불만족에만 집중하는 직장인이 있다면 그 사람은 평생 불행한 위치에만 머물게 되고, 직장과 사회 속에서 진정한 내 자리를 찾아가기 힘들 것이다.

물론 사회에는 모순이 없지 않다. 그러나 일을 사랑하는 사람들이 그 어려움을 이겨낼 수 있고, 일에 감사할 줄 아는 사람이 모순투성이 사회를 혁신할 수 있는 자격을 갖는 것이다.

결실의 계절, 모든 면에서 감사를 깨닫는 계절이 되어야겠다. 그것이 축복의 계절이기도 한 것이다.

눈으로 보는 일이 싫증이 난다 싶으면
다음은 귀로 듣는다.
아무 생각도 없이 깊이 귀를 기울이면
두 귓속에서 앵앵 소리가 들려온다.
추운 겨울에 울려오는 전선줄 소리,
우주에 가득 찬 하모니와 멜로디.
내가 원한다면 언제라도 들을 수 있다.
언제 어디서나 즐길 수 있는 나만의 유희,
고독한 즐거움이었다.

약간의 기적

수십 년 전의 일이다. 우연히 그 앞을 지나가게 되었으므로 가는 길에 내렸다.

내과병원을 개업한 친구를 만나지 못한 지도 벌써 3~4개월이 지난 것 같았다. 중학교 동창일 뿐 아니라 마음으로도 언제나 각별히 다정한 친구 중의 하나였다.

"야아, 오래간만이군. 별일 없었어?"

환자를 진찰실로 안내해 들이면서 던지는 친구의 첫 인사였다. 옆방에서 환자의 진찰이 끝난 모양이었다.

"그동안 어떻게 지냈어? 간접으로 자주 얘기는 듣고

있지만 오늘은 환자가 있어서 온 건 아니지?"라고 덧붙여왔다. 오랜만에 찾아온 내가 혹시 걱정거리를 안고 온 것이 아닌지 궁금했던 모양이다.

한참 뒤 우리는 커피를 나누고 있었다. 내 친구는 연방 돋보기를 착용했다가 벗으면서 "벌써 이렇게 늙었다니까. 안경을 벗고는 신문의 잔글자가 보이지를 않으니 어떡하지? ○○이도 돋보기를 쓰나?"라면서 어깨를 가벼이 흔들었다. 오래전부터 가지고 있는 버릇 그대로다.

나는 "글쎄, ○○ 형이야 나보다 나이가 많잖아. 난 아직은 돋보기를 안 쓴다네"라고 대답했더니, 내 친구는 웃으면서 "그건 ○○의 잘못이지. 마흔다섯 살쯤이면 돋보기를 쓰게 되어 있어. 그것이 정상이거든……. 이제 두고 보게. 어떤 날 갑자기 눈이 흐려지고 잔글씨가 안 보이는 때가 찾아올 테니. 늙으면 보지 말고 생각하면서 살라는 모양이지. 생각도 잘 안 날 때는 후배를 위해 인생의 자리를 양보해주라는 때이고……"라는 것이었다.

나는 내 앞자리에 앉은 친구의 얼굴을 빤히 쳐다보면서 콧구멍을 쑤시기 좋아하던 중학생 친구가 일곱 어린애의 아버지가 되었고, 반백 머리에 돋보기를 쓰고 있는 꼴이 참으로 이상하게 느껴졌다. 마음들은 중학교 시절과 변함이 없는데…….

"○○이는 나보다 고생을 덜해서 그런가? 하긴 젊은 시절에는 나보다 고생을 더한 것으로 알고 있는데……. 참, 나한테 오면 혈압을 재보는 습관이 있었지. 오늘은 재보지 않으려나?"

"글쎄, 언제나 혈압이 낮은 것 같아 걱정이네. 이제 생각하니까 부친으로부터 얻은 유전인가 봐. 아버지가 항상 낮은 혈압으로 고생하셨던 것 같아……."

"유전일지 모르지. 높은 혈압은 대개 유전인 경우가 많으니까. 그런데 혈압이 낮아서 죽는 일은 없어. 생명과는 관계가 없으니까. 어디 온 김에 한번 재볼까?"

친구는 청진기를 귀에 대면서 팔을 내밀라고 한다. 혈압을 재고 난 친구는 "역시 넌 어딘가 기형성이 있어. 혈압이 그렇게 낮을 리가 없는데……. 그것이 병적이라면 그렇게 여러 가지 일을 할 수도 없을 테고. 하기야 아직 돋보기도 안 쓴다니까. 가벼운 술이나 마셔서 혈압 컨디션을 조금 조정해보지. 별 상관은 없겠지만……" 하면서 웃었다.

내가 술을 안 하는 것을 약간 비꼬며 하는 얘기인지도 모른다. 이야기를 나누고 있는데 환자가 찾아왔다. 나는 또 오겠다고 손을 들어 보이고는 밖으로 나왔다.

집까지 오면서 나는 어릴 때 일들을 되씹어보았다.

언젠가는 눈을 앓았다. 초등학교도 가기 전의 일이었다. 아버지는 내게 볕이 밝은 곳으로 나가면 안 된다고 타일렀지만 나는 말을 듣지 않았다. 할 수 없이 부친은 물건을 넣어두는 캄캄한 윗방에 나를 잡아넣었다. 저녁때까지 있으라는 엄명이었다.

그렇게 지루하고 긴 하루를 살아본 일은 이전에도 지금까지도 없었던 것 같다. 어머니가 들어와 자리를 펴주었기 때문에 그대로 누워버렸다.

눕기만 하면 남들은 전연 모르는 나만의 재미있는

일이 있었다. 두 눈을 가만히 감고 1~2분만 지나면 내 눈앞이 가을 하늘과 같이 높아진다.

지금 생각하면 그것은 그때 나의 우주였던 것이다. 그러고 나면 그 공간 한쪽으로부터 반대쪽으로 수없이 많은 모양의 빛을 가진 것들이 줄을 지어 흘러갔다. 그 흘러가는 모양이 꼭 별똥이 흐르는 것 같아서 때로는 천천히 날아가는 모습으로 조정해보기도 한다.

캄캄한 하늘에 무수히 많은 노란빛의 점들이 일정한 간격을 두고 흘러간다. 한참을 바라보다가 다른 것들이 보고 싶으면 두 눈 위를 약간 비빈다. 그러면 모든 것이 일시에 사라진다.

1~2분을 기다리면 이번에는 다른 불꽃들이 나타난다. 옆으로 타원형에 가까운 불꽃들이 여러 줄로 행진을 한다. 그러다가는 그 모양이 빛깔과 더불어 약간 바뀐다. 마치 소리 없는 새들이 흘러 나는 것같이 모든 시야를 덮어버린다.

이렇게 계속하기를 20분, 30분씩 되풀이한다. 그러다가 눈을 뜨면 모든 것이 없어져버리고 만다. 나의 우주와 신비로운 형상을 보여주던 공간은 그대로 캄캄한 현실의 방으로 되돌아온다.

아직도 시간은 한없이 남아 있다. 이러한 유희는 얼마든지 계속할 수가 있다. 부친의 벌을 유쾌한 유희로 바꾸는 것이다.

눈으로 보는 일이 싫증이 난다 싶으면 다음은 귀로 듣는다. 아무 생각도 없이 깊이 귀를 기울이면 두 귓속에서 앵앵 소리가 들려온다. 마치 들에 나가서 구경했던, 추운 겨울에 울려오는 전선줄 소리와 비슷하다.

이 소리를 내가 원하는 내용으로 바꾸어 듣는다. 혹은 슬픈 멜로디로 바꾸어보기도 하고, 때로는 나를 찾는 어떤 벗이나 유령이나 아가씨의 곡조로 변화시켜 듣기도 한다.

어떤 때는 그대로 우주에 가득 찬 하모니와 멜로디로 들려오는 경우도 있다. 얼마 후에는 끊겨버리고 만다. 그러나 내가 원하기만 한다면 언제라도 들을 수 있다.

이것은 그날 하루만의 일이 아니다. 언제 어디서나 즐길 수 있는 나만의 유희, 고독한 즐거움이었다. 친구가 없는 여름날 오후, 낮잠을 깨고 난 뒤에는 으레 몇 십 분씩 즐기는 외로운 환상의 그림자들이었다.

몇 사람에게 이런 얘기를 해보았지만 같은 경험을 했다는 사람은 별로 없었다. 오히려 '저 친구 어려서부터 약간 돌았던 것 아닌가?' 하는 눈치를 보이기도 한다.

그 뒤 나는 나대로의 결론을 얻었다. 그것은 내가 어려서부터 선천적으로 지녔던 병약한 체질 때문이었을 것이다. 과거에 나는 내 혈압을 재본 일이 별로 없었다. 그러나 지금보다도 낮지 않았을까 의심스럽다.

집에 돌아왔다.

방에 앉아 손자들과 얘기를 하시는 생전의 어머니께 내 건강에 대한 얘기를 조금 비추었었다. 그랬더니 어머니는 으레 입버릇같이 "너야 어디 건강한 세월을 하루라도 살았니? 나는 아범이 스무 살이 되도록 살 줄은 꿈에도 생각을 안 했다. 의사들도 사람 구실을 못 할 게라고 내놓고 얘기했는데……. 이제 자식들을 기르는 모습을 보니까 세상에 안 되는 일이 없는가 봐. 나는 무슨 죄를 지었기에 저런 아이를 낳아 기르게 되었는지 하고 밤낮 괴로워했는데……"라는 것이었다.

아이들은 별로 놀라는 기색도 없었다. 할머니에게서 언제나 듣는 얘기였기 때문이다.

어머니의 얘기는 참이다. 나는 20대나 30대나 지금이나 별로 차이가 없는 건강 상태를 느끼고 있다.

언제나 조절과 주의로 살아왔기 때문이다. 그 덕택으로 하고 싶은 일도 남 못지않게 하고 있으며 별로 병석에 눕지도 않는 편이다. 나의 과거를 잘 아는 사람들 모두가 오늘의 나의 건강과 삶을 가벼운 기적과 같이 생각하고 있다.

그러나 나는 지금도 확실히 믿고 있다. 성실한 노력은 언제나 약간의 기적을 만들 수 있다고…….

2

스스로 성장하는 힘

훌륭한 가정은 다른 데 있지 않다.
이웃과 사회를 걱정하는 사회의식을
자녀에게 물려줄 수 있을 때
개인과 우리 사회의 불행은 크게 줄어들 수 있다.

사랑한다면 주어야 할 것

몇 해 전 겨울이었다.

미국 남쪽에 있는 대학생 열두 명쯤이 우리 집을 방문한 일이 있었다. 인솔 교수가 한국 가정과 음식을 소개해주고 싶다기에 하룻저녁 초청하게 되었던 것이다. 그중의 한 학생은 몹시 초라한 옷차림을 하고 있었다. 구두까지 눈에 띌 정도로 낡은 것이었다. 내 아내가 인솔 교수에게 "저 학생이 제일 가난한 학생입니까?"라고 물었더니 그 교수는 "무엇 때문에 그런 생각을 하게 되었습니까?" 하고 반문하는 것이었다. 옷차림이나 구두가 그래 보인다고 말하는 아내의 얘기를 들은 그 교수는 "아닙니다. 저 학생이 아마 이 중에서 제일 부잣집 아들일 것입니다. 그 아버지는 텍사스에 목장을 가지고 있고 어머니도 멕시코에서 목장을 운영하고 있는데 소가 너무 많아서 정확한 수를 모를 정도입니다. 몇백 마리 단위로 팔고 있을 정도니까요……. 그런데 저 모양을 하고 다니는 것은 엄격한 부모님의 교육 때문일 것입니다. 이곳에서는 부유할수록 경제적으로 엄격히 자녀들을 통제하고 있으니까요. 필요 이상의 돈을 준다거나 등록금 전액을 조건 없이 주는 가정은 별로 없을 것입니다"라는 얘기를 추가했다.

우리는 서구 사회 가정의 실정을 어느 정도는 짐작하고 있다. 그들은 어렸을 때부터 부모로부터 주급을 타 쓴다. 돈이 필요하면 꾸어 쓰거나 특별한 조건 밑에서 부모의 도움을 받는다. 대학에 갈 때도 등록금 전액을 무조건 내주는 부모는 별로 없다. 특수한 사정이 아닐 때는 학생들 자신이 일을 해서 수입을 얻는 것이 보통이다. 이렇게 성장하기 때문에 일찍부터 경제적 자립심을 가지며 돈에 대한 생각과 신념이 확실해진다. 돈이 중요하다는 사실도 알게 되며, 부모는 돈보다도 그 돈을 관리할 수 있는 인간적 능력에 더 큰 관심을 둔다. 그렇게 되어야 큰 사업과 재산을 물려줄 수 있기 때문이다.

우리 사회도 이미 통감하고 있고, 깊이 생각해볼 문제다. 큰돈을 번 젊은이들이 도박이나 약물에 빠져 사회문제로 떠들썩한 경우가 적지 않다. 재벌 집안에서 태어난 후세들이 사회에 심려를 끼치는 일도 발생한다. 그 원인이 어디 있는가를 묻고 걱정하는 사람들이 있다. 남의 문제라기보다는 우리들 자신의 문제일 수 있으며 자녀를 둔 부모들은 다 같이 걱정하지 않을 수 없는 문제이기도 하다.

카를 힐티의 책 속에는 다음과 같은 얘기가 있다. 아무리 재산이 많고 잘사는 집이라고 해도 자녀를 기를 때 돈을 벌어 행복하고 즐겁게 살아야 한다는 가치관밖에 주지 못한다면 그 가정에서는 진정한 인재들이 자라날 수 없다는 것이다. 그러나 아무리 가난한 가정이라도 자녀를 기를 때 이웃을 위해 걱정하고 사회와 민족을 위해 마음 쓰면서 살아가도록 가르치면 그 가정에서는 반드시 유용한 인물이 탄생한다는 것이다. 훌륭한 가정은 다른 데 있는 것이 아니라, 이웃과 사회를 걱정하는 사회의식을 자녀에게 물려줄 수 있을 때 가능하다는 것이다.

이렇게 생각해보면, 사회적으로 물의를 일으켜 걱정을 끼치는 부유층 자녀들이나 젊은이들은 가정에서 이웃과 사회를 위하는 진정한 사회의식을 깨닫지 못하고 성장했다는 것을 알 수 있다. 사람은 90의 인격을 갖추었을 때 89까지의 재물을 관리할 수 있으며 60의 인격을 지닌 사람은 59까지의 재물을 관리할 수 있다. 그런데 인격이 40밖에 되지 않는 사람이 80의 재물을 물려받으면 그는 노력 없이 얻은 재물 때문에 불행해지며 사회에도 피해를 끼치게 된다.

그러나 우리는 자녀들의 인격과 인간적 자질보다도 많은 재산을 물려주고 물려받기를 원하며, 심지어는 그 재산을 지키기 위해 인격적인 활동을 제약하는 경우도 있다. 그 잘못된 결과가 지금 우리 주변에서, 사회에서 계속 나타나고 있는 것 아니겠는가.

그리고 비슷한 과오는 재벌이나 재산이 많은 사람만 범하는 것이 아니다. 인격과 인간적 자질을 소홀히 여기면서 재물, 명예, 지위, 출세를 원하는 모든 부모가 범하는 과오는 언제나 마찬가지의 결과를 가져온다.

우리가 사랑하는 사람에게 먼저 주어야 하는 것은 그들의 인격 성장과 인간적 자질의 향상이다. 물질적인 것은 그 일을 뒷받침하는 수단과 방편에 그쳐야 한다. 돈의 가치를 알고 정당한 사회의식을 갖추게 된다면 재물 때문에 오는 개인이나 사회의 불행은 크게 줄어들 수 있을 것이다.

하면 못 할 것이 없고

노력하면 안 될 것이 없다.

필요하다면 일곱 번이 아니라 열 번이라도 좋다.

우리에게 필요한 교훈

나는 청소년기를 평양에서 보냈다. 숭실학교 3학년 때의 일이다. 조회 시간이었다. 교감 선생님께서 말씀하셨다.

"여러분도 잘 아시는지 모르나 오늘을 마지막으로 우리 교장 선생님께서 이 학교를 떠나게 되었습니다. 이제 나오셔서 여러분에게 마지막 훈화를 해주시겠습니다."

내가 다니던 숭실학교는 미국 장로교에서 세운 크리스천 학교였다. 민족주의자들이 많이 나왔고, 일본인들이 강요한 신사참배를 거부했다고 해서 총독부 당국의 미움을 사고 있었다.

그 때문에 우리 교장 선생님은 학교에서 쫓겨나게 되었고 학교는 선교사들의 경영에서 민간인의 운영으로 넘어가게 되었다. 그런 실정이었기 때문에 그날 아침에는 일본 경찰들이 강당을 둘러싸고 있었으며, 강당 뒷방에는 형사들이 전화통을 붙들고 있었다. 만일의 사태가 벌어졌을 때는 경찰이 긴급 출동하도록 만반의 준비를 갖추고 있었던 것이다. 이렇게 숨 가쁜 순간에 교장 선생님께서 마지막으로 우리들 앞에 나서게 되었다.

교장 선생님은 윤산온이라는 한국 이름을 가진 선교사였다. 우리들 앞에 단정히 서신 교장 선생님은 오른손 주먹을 불끈 쥐고 높이 치켜들면서 "하라"라고 고함을 지르셨다. 둘째 말씀도 마찬가지로 주먹을 치켜들면서 "하라"라는 고함이었다. 이렇게 다섯 번을 되풀이한 교장 선생님의 눈에서는 눈물이 쏟아지기 시작했다. 그러나 교장 선생님은 두 번 더 목소리가 터질 듯이 “하라!”라는 말을 추가했다. 모두 일곱 번의 똑같은 말을 끝낸 뒤 손을 내려놓고 인사를 한 뒤 들어가셨다.

철없는 우리는 모두 긴장했다. 나는 아직 어렸기 때문에 ‘왜 좀 더 재미있는 말씀을 해주지 않으실까?’ 하는 생각도 했다. 그렇게 교장 선생님은 우리 학교를 떠났고, 학교는 일본인들의 뜻대로 교육 방향을 바꾸게 되었다.

벌써 너무나 오래전의 일이다. 그러나 우리들은 아직도 그때의 인상과 일곱 번 “하라!”라고 외쳐주신 우리 교장 선생님의 모습을 생생하게 기억하고 있다. 동창들을 만나면 그 당시를 회상하는 이야기를 자주 하기도 했다.

그런데 이상한 일이다.

그 말씀을 들을 때는 우리들 모두가 그 뜻을 충분히 이해하지 못했다. 너무 어렸기 때문이다. 그러나 나이가 든 지금 우리는 교장 선생님의 마음을 어느 정도 이해하게 되었다.

그분의 뜻은 다른 것이 아니다. 왜 조용히 앉아서 '세월이 오면 어떻게 되겠지' '참노라면 어떤 변화가 오겠지' '기다려보자. 그동안에 어떻게 되지 않겠는가'라고 생각하면서 살아왔는지를 묻는 질문의 다른 표현이었을 것이다.

너희들은 의욕적으로 하면 무엇이든지 할 수 있을 것이다. 공부에 성공할 수도 있고, 민족이 독립할 수도 있고, 새로운 역사가 개척될 수도 있는데 왜 하지도 않고 이렇게 억울한 처지에 놓여 있는가. 또 이런 현실을 언제까지 계속해갈 것인가 하는 교훈이었던 것이다.

그분은 일찍 우리나라에 왔다. 삼일운동 때는 그분이 집 지하실에서 독립선언문을 인쇄해서 배부했다. 언제나 한국의 독립을 도왔기 때문에 일본인들이 주시와 박해를 받고 있었다. 외국인이 아니었다면 투옥되어 감옥 생활을 했을 처지였다.

그분의 눈으로 보았을 때 어쩌면 우리가 너무 소극적이며, 용기가 없으며, 진취성과 개척 정신이 부족해 보였는지도 모르겠다. 그래서 어린 우리들에게 용기

있고 개척적이며 창조적인 신념을 갖고 살라는 부탁을 했던 것이다. 그리고 그 "하라!"라는 말의 뜻에는 우리나라가 반드시 독립을 해서 자유로운 국가가 되리라는 뜻이 포함되어 있었다.

이제는 내가 100세를 넘긴 지금, 우리에게 가장 필요한 교훈이 있다면 그것은 "하라"라는 말이라고 생각한다. 하면 못 할 것이 없고 노력하면 안 될 것이 없기 때문이다. 필요하다면 일곱 번이 아니라 열 번이라도 좋다. 이 시대의 청년이라면 무한의 가능성을 개척해가는 세대로 거듭나야 한다.

'한다'는 신념과 용기를 갖고
현실에 과감하게 뛰어들어야 한다.
'한다'는 각오에 차 있는 사람에게만
'된다'는 법칙이 통한다.

이제부터 내가 쓰고 싶은 말

얼마 전의 일이다. 수년 전에 붓을 들었던 책의 개정판을 내기 위해 다시 한번 교정을 가하고 있었다.

그런데 이상한 일이다. '된다'라는 말을 그렇게 많이 사용하고 있지 않은가. '된다'라는 말을 '한다'로 고쳐 보았더니 반 이상이 바뀔 수 있었다. 왜 '한다'라는 말을 두고 '된다'라는 말을 그렇게 많이 사용했을까.

다음과 같은 생각이 떠올랐다. 물질은 '있다'는 개념으로 통한다. 책상이나 책은 언제든지 한자리에 있을 뿐이다. 그러나 식물이나 동물은 있기만 하는 존재가 아니다. 있으면서 자라는 것이 그 특색이다. '자람'은 있음보다는 더 높은 차원에 속한다. 그러나 인간은 있고 자라면서 그 위에 '만든다'는 차원을 더한다. 물질적인 제작뿐이 아니다. 예술, 문화, 역사를 창조해간다. 그렇다면 인간은 제3차원에 속한다고 보아야겠다.

그런데 '된다'라는 말은 '있다'고 하는 개념과 '자란다'는 개념의 중간 위치를 차지한다. 1차원 반에 해당하는 말이다. 그러나 '한다'라는 말은 '자란다'는 뜻과 '만든다'는 뜻의 중간에 위치한다. 2차원 반에 해당하는 말이다.

옛날부터 우리는 '된다'라는 말을 사용해왔고, 서구인들은 'Do' 즉, '한다'라는 말을 원동사로 즐겨 써왔다. 수백 년 동안 '된다'라는 말을 사용해온 사회와 '한다'라는 말을 써온 사회의 발전이 같을 수 있을까. 개척 정신으로 대표되는 서구 사람들과 대조되는 우리만의 특성인지도 모른다.

그렇다면 왜 우리는 '된다'라는 말을 즐겨 사용해왔을까. 역(易)의 정신과 사상이 바로 '됨'의 철학이었다.

자연 우주의 법칙과 질서는 언제나 반복되며 반복은 필연성을 동반한다. 즉, 역이라는 운명적 사고방식을 낳게 되었던 것이다. 자연을 존중하는 것이 동양의 전통이며 반복의 질서를 믿어온 것이 역이라면, 우리는 스스로도 모르는 사이에 운명론자가 되어 '된다'라는 말을 애용했을 수밖에 없다.

도대체 노력한다고 해서 태양을 서쪽에서 뜨게 만들며 여름보다 가을을 먼저 오게 할 수 있는가. 보잘것없는 인위성보다는 자연의 위대함을 믿고 사는 것이 사물을 크게 보며 유구한 견지에서 세상을 살아가는 지혜가 아니겠는가 하는 것이 동양적 사고방식이다. 그래서 사람이 한 일은 모두가 거짓[僞]에 가까우며 무위자연(無爲自然)이 진실에 가깝다는 생각에 이르기도 했다.

그 점에서는 동양인들이 훨씬 지혜로우며 초월적 견지에서 세상을 본 듯싶기도 하다. 노자(老子)나 장자(莊子)의 교훈이 얼마나 공감을 주는가.

그러나 한편으로는 생각을 바꾸어보자. 서구인들은

작은 자연 속에서 분자, 적혈구와 백혈구, 세포, 원자 등의 작용을 발견했고 컴퓨터의 세계도 개척해왔다. 큰 자연도 줄기차게 정복해나갔다. 아프리카를 돌아 인도양에 진출했는가 하면 대서양을 건너 아메리카를 발견했다. 남극과 북극을 탐험했고 지구를 돌았는가 했더니 20세기에는 달에까지 다녀왔다. 물론 지금은 시대가 많이 바뀌어 인도나 아시아가 그 주도권을 점차 장악하고 있지만 말이다.

그들은 인간의 능력을 믿었으며, 인간의 힘은 자연과 세계를 바꾸며 개척할 수 있다고 생각했다. 그 결과로 나타난 것이 근대사회에서의 서구인들의 개척 정신이었다. 할 수 있다는 정신이 의욕과 용기를 갖고 역사를 건설해왔다.

물론 모든 생각에는 장단점이 공존한다. 서구의 개척 정신이 옳거나 제일이라는 생각은 금물이다. 그러나 본질적으로 인간은 유한하기는 해도 가능성을 갖고 있는 동물이다. 그 가능성을 스스로 포기하는 것은 스스로의 자멸을 초래한다. 인간의 완성은 스스로의 능력을 끝까지 발휘하며 새로운 것을 창조해나가는 데 있다.

우리도 언젠가는 무의식중에 '한다'는 신념과 용기를 갖고 현실에 과감하게 뛰어들어야 한다. '한다'는 각오에 차 있는 사람에게만 '된다'는 법칙이 통한다.

우리가 자아의 성장을 계속한다면
스스로의 일생을 귀하고 값있게 이끌어갈 뿐 아니라
사회에 기여할 수도 있게 된다.
인간의 일생은
무슨 일을 어떻게 하는가에 따라 결정되는 것이다.

인간은 일과 더불어 성장한다

여러 해 전이었다.

독일에서 여고 2학년에 다니고 있던 한 학생이 1년간 우리 집에 머물렀다. 교환학생 중 한 명을 한 해 동안 맡아 기르게 되었던 것이다.

그 1년 동안에 몇 가지 재미있는 점들을 보고 느꼈다. 우리 가족들이 다 같이 느낀 점은 그 학생이 돈을 무척 아낀다는 사실이었다. 우리 애들 말을 빌리면 "우리들이 밖에 나가면 친구들이 구두쇠라고 말하는데, 독일 동생은 우리와 비교가 안 되는 깍쟁이"라는 얘기였다.

“네 카메라는 누가 사 주었니?” 하고 물었더니 “제가 샀어요. 카메라를 사기 위해 1년 반 동안 아이스크림을 먹지 않았어요……”라는 대답이 돌아왔다.

가족들이 함께 여행을 떠나면 제일 싸구려 여관을 찾아 머물기를 원하는 애가 바로 독일 애였다. “더 싼 방이 있을 텐데……”라면서 찾아다니곤 했다.

언젠가 내가 겪은 일이다. 한 달에 2천 원씩 용돈을 주고 있었다. 어느 날, 함께 버스를 타고 시내로 나가게 되었는데 차장이 버스 요금을 받으러 왔다. 독일 애는 20원을 꺼내 내려고 했다. 내가 내 돈 20원만 낼 것으로 알고 있기 때문이었다. 나는 “아버지와 같이 탈 때는 아버지가 같이 내주니까 네 돈을 넣어두어라”라고 말하면서 40원을 차장에게 주었다.

그 애는 눈에 띌 정도로 20원 번 것을 좋아했다. 그리고 시내로 갈 일만 생기면 “아버지, 시내로 안 가세요? 나 같이 가게……”라고 물었다. 속셈은 20원을 벌고 싶어서였다.

우리는 저놈이 무엇 때문에 저렇게 돈을 아끼는지 궁금했다. 얼마 뒤 그 용도를 알게 되었다. 그렇게 아껴 모은 돈으로 도화지, 연필, 지우개, 크레용들을 사가지고서 사직공원에 있는 아동 병원을 찾아갔다. 거기에 있는 애들에게 그것들을 나누어준 뒤에는 같이 그림을 그리고 노래를 부르며 노는 것이었다. 토요일마다 아동 병원을 찾았다.

우리 집을 떠나 독일로 갈 때는 아동 병원의 애들을 못 잊어 눈물을 닦고 있었다. 어딘가 버릇과 전통이 있게 자란 애라는 생각을 지울 수 없었다.

이야기가 다른 방향으로 흘렀다.

하루는 그 독일 딸애가 나에게 "아버지, 오늘 우리 선생님이 고등학교를 졸업하고 대학에 가고 싶은 이는 손을 들라고 했어요. 그런데 61명이 하나도 빠지지 않고 손을 들었어요. 그렇게 다 대학에 가야 하는가요?"라고 물어왔다.

나는 "너희 독일에서는 어떤데?"라고 되물었다. 그 애는 "우리 반에는 24명이 있는데 대학에 가는 학생은

4~5명밖에 안 되지요"라는 것이었다.

독일에서는 대학 등록금을 거의 내지 않는다. 대학 식당은 일반 식당 값의 반밖에 안 된다. 그래도 애들은 대학에 많이 가지 않는다. 학자나 지도자로서의 뚜렷한 목표가 없는 이들은 직접 사회로 진출하기 때문이다. 대학은 학문을 하는 곳으로 생각한다. 그 대신 그들은 사회와 직장에서 스스로 성장하려는 의지와 책임을 진다.

우리 실정은 조금 다르다. 인간의 성장은 교육에서 이루어지며 교육은 학교에서만 가능한 듯이 잘못 생각한다. 그렇기 때문에 학교만 졸업하면 교육과 성장이 끝난 것으로 자인해버리기 쉽다. 고등학교는 대학에 가기 위해 있고 대학은 취직을 하거나 결혼을 하기 위해 있다고 생각한다.

크게 잘못된 생각이다. 인간의 신체는 20여 세로 그 성장이 끝나지만, 우리들의 정신력은 노력만 계속하면 70~80세 이후까지도 성장할 수 있다고 한다. 그런데 그 평생에 걸친 성장을 포기한다면 얼마나 불행한 일인가.

그래서 우리나라에서 대학까지 나온 사람이 외국의 고등학교 출신보다 뒤떨어지는 경우를 자주 본다. 노력과 성장이 없었기 때문이다.

그러므로 뜻있는 사람들은 사회교육에 관심을 모아야 하며, 우리는 각자 자신의 성장을 위해 최선의 노력을 기울여야 한다. 그러면 우리들의 사회적 성장, 직업과 더불어의 발전은 어떻게 가능한가.

우리가 맡은 모든 일의 지식적 근거를 찾아 공부하는 일을 게을리해서는 안 된다. 기술자는 기계를 고장 없이 움직여야 한다는 생각을 넘어서, 왜 기계가 그렇게 움직여야 하며 어떤 순서를 밟아 무슨 결과를 얻게 되는지를 살펴야 한다. 자동차를 운전만 하는 것이 아니라, 자동차의 원리와 기계의 기능을 배워서 운전하는 책임을 다하자는 뜻이다. 둘 사이에는 큰 차이가 있기 때문이다.

서류를 정리하는 사람도 그렇다. 사무적으로 계산을

하고 순서에 따라 결재를 맡으면 된다는 생각을 넘어서, 이 서류가 무슨 목적에 쓰이며 그 결과는 어떻게 될지를 알고 서류를 작성하는 태도에까지 도달해야 한다.

많은 사람이 물건을 만들 때, 아무 생각도 없이 기계가 돌아가면 그뿐이라는 생각을 갖기 쉽다. 그러나 어떤 사람은 이 물건이 무슨 목적을 위해 어떻게 쓰이는지를 알고 만든다. 그렇게 되면 보다 좋고 편리한 물건을 만드는 원동력이 솟아오르는 법이다.

이런 생각과 관찰과 개선이 거듭되면 우리는 자신도 모르는 동안에 좀 더 훌륭한 기술자가 되고, 보다 유능한 사무원이 되고, 창의력을 발휘하는 사원으로 올라갈 수 있다. 손과 발만 움직이는 직원이 되지 말고, 먼저 생각한 뒤에 손발을 움직이고 움직인 뒤에 또 생각하는 일꾼이 될 때 일과 더불어 성장하는 사회인이 되는 것이다.

우리는 지도자일수록 생각을 많이 하고 말단 직원일수록 몸을 많이 움직인다는 사실을 자연스럽게 체험하게 된다. 그러나 말단 직원일수록 더 공부하고 생각할 때 나아가 더 높은 직책을 맡게 된다는 사실도 의심의 여지가 없다.

둘째로, 우리가 일과 더불어 성장한다는 것은 직장생활을 하면서도 인간적 성장을 소홀히 해서는 안 된다는 뜻이다. 인간의 능력이 90이면 그는 무슨 일이든지 89까지는 해낼 수 있지만, 인간의 능력이 70이면 그는 무슨 일을 맡아도 69까지밖에는 할 수가 없다. 그러므로 무엇보다도 우리에게 필요한 것은 우리의 인간적 역량을 높이는 일이다.

그 일을 위해서는 계속적인 연구와 성장을 단념해서는 안 된다. 회사를 운영하는 사람이 경제학을 연구하며, 관리직을 맡은 사람이 인간관계를 알려고 하며, 무역에 종사하는 사람이 국제시장의 동태를 살피지 않는다면 그 결과가 어떻게 되겠는가. 우리는 각자의 성장을 위해 최선의 노력을 다해야 한다.

오래전 1972년 여름에 동경에 들렀다. 은좌(銀座) 거리를 산책하다가 '옛날 이 부근에 콘도라는 서점이 하나 있었는데……' 하는 생각이 떠올랐다. 그러나 곧 '아마 없어졌을 것이다. 그때는 땅 한 평에 20만 엔 정도였지만 지금은 900만 엔이 넘는다. 서점이나 운영해서야 수지가 맞을 리 없지' 하고 찾을 생각을 중단했다. 그러나 의외로 그 서점이 바로 눈앞에 보이지 않는가. 반가운 생각으로 문을 열고 들어섰다. 들어서는 순간 나는 약간 놀랐다. 그 큰 서점이 초만원이었기 때문이다. 대부분의 손님들이 서가 앞에 두 줄씩 서서 살 책을 골라 읽고 있었다. 심한 더위와 책을 찾아볼 자리도 없었기 때문에 밖으로 나와버렸다. 그때 내 머리에는 '30년 전에도 저렇게 열심히 책을 읽고 있었는데 지금도 마찬가지로 독서를 계속하고 있으니 사회가 발전할 수밖에……'라는 생각이 문득 떠올랐다.

역시 우리는 토막 시간들을 이용하면서라도 공부하고 노력해서 성장해야 한다. 첫째는 내가 하는 일을 더 잘하기 위함이지만, 둘째는 우리들의 역량을 풍부히 하기 위해 계속 노력하지 않으면 안 된다.

셋째로, 우리가 원하는 것은 인격의 균형 있는 성장이다. 사람은 모든 면에서 완전할 수는 없다. 그러나 성격이나 생활에 심한 결격이 있거나 인격에 편중이 생겨서는 안 된다.

나는 예전에 각 은행에 취업하여 컴퓨터 업무에 종사하게 된 사람들로부터 특강을 부탁받은 일이 있었다. 그들은 수개월 동안 컴퓨터에 열중하고 있었으며, 앞으로도 그 일을 계속하게 되어 있었다. 그러는 동안에 예외 없이 느끼는 문제가 생겼다. 정신적인 결함과 여유에 대한 그리움이었던 것이다.

인간은 기계가 아니다. 정서적으로 여유가 없을 때는 긴장을 풀기 위한 방법으로 술자리를 찾거나 오락을 찾는 경우가 자주 생긴다. 그러나 그런 생활이 거듭되면 점점 더 건전한 인격 생활에서는 탈락되고 만다. 현대인들이 예외 없이 걸려 있는 정신적 질환이 있다. 그것은 기계적인 조건 속에서 움직이는 자아의 각박한 인간성이다. 자아 상실의 위기를 느끼는 이유가 여기에 있다.

도시에 직업을 갖고 있는 사람들은 일 속에서 자신을 찾아 누리는 일이 무엇보다 필요하다. 모든 일의 목적이 원만한 인격을 육성함에 있다면 우리는 직업인인 동시에 인격인임을 잊어서는 안 된다. 정서적인 성장은 아름다운 감정과 대인 관계를 만들어주기 때문에 인격적인 성장과 교양 쌓기를 소홀히 해서는 안 된다.

만일 우리 주변에 예술을 모르는 메마른 동료가 있다든지 정서의 결함이 있는 동료가 있다면 그들 자신만이 아니라 그들을 둘러싼 사람들에게도 불행한 일이 아닐 수 없다.

그러면 정서의 순화와 인격적 여유를 갖는 방법은 무엇인가. 예술에의 접근과 고귀한 내용의 책을 읽는 것이 무엇보다도 바람직하다. 바둑 같은 오락은 머리를 피곤하게 만드는 때가 있지만 예술적인 취미는 생산적인 결과를 가져옴과 더불어 인격의 원만성을 더해준다. 건전하고 고귀한 독서가 우리들의 정신생활을 높여주며 우리들로 하여금 인간적 승화와 정신적 발전을 더해준다는 것은 의심의 여지가 없다.

넷째로, 우리의 성장을 위한 불가결의 요소가 있다면 그것은 우리의 사회적 성장이다.

우리는 사회적 연령이란 말을 자주 사용한다. 육체적으로는 50~60대를 맞이했지만 사회적 교양과 생활의 연륜은 지극히 어린 사람들이 있다. 또 그 현상은 그들이 속해 있는 사회를 통해서도 잘 나타난다.

선진사회라면 사회적 연령이 높아야 한다. 사회적 연령이 빈약하다면 그것은 문화적으로 후진된 사회이다. 교양이 낮은 사람을 대할 때 느끼는 인상과 비슷하다.

사회적 성장이 없다면 감사를 모르며 남을 위할 줄 모른다. 예절을 깨닫지 못하며 상대방의 기분이나 감정을 소중히 여기는 자세를 잃고 만다. 어딘가 사람을 대하는 데 거칠고 딱딱하며 정중함이 없다. 항상 이기적이어서 남의 도움만 받으려고 한다. 그런 사람은 친절을 베풀지 못함은 물론 예절도 지키지 못하기 때문에 대인 관계에서 항상 실패하게 된다.

이런 사람들을 위해 우리가 필요로 하는 것이 인간의 사회적 성장인 것이다. 대인 관계를 원만히 하며 언제나 상대방에게 즐거움을 주며 서로 도울 수 있는 생활을 습관화해야 한다.

기쁨을 나누면 배로 늘고 고통을 나누어 가지면 반으로 준다는 속담이 있다. 선하고 아름다운 대인 관계를 갖자는 뜻이다. 성서에는 선한 것을 남에게 주는 사람은 더 많은 것을 받게 된다고 가르쳤다. 항상 상대방을 위하고 도와주는 생활이 다름 아닌 사회적 성장을 가져온다. 사회적 성장은 인격적인 인간관계에서 맺어지기 때문이다.

이렇게 인간관계를 소중히 여기며 타인을 위할 줄 아는 사람은 어디 가든지 사회질서를 지키며 그 사회를 더 좋은 사회로 만들어가도록 노력한다. 직장에서는 직장의 질서를 지키며 더 좋은 직장이 되도록 애쓴다. 대인 관계에서도 더 훌륭한 성장이 있기를 원하며 그 일에 정성을 쏟는다. 언제나 일을 할 때는 순서와 과정을 밟을 줄 알며 직책을 떠나서도 서로를 위해주며 직장을 통해 사회를 돕도록 최선을 다하게 된다.

우리는 때때로 애국심이라는 말을 사용한다. 참다운 애국심이란, 사회질서를 귀하게 여기며 우리 일터가 그대로 연장되어 대한민국이 되었으면 좋겠다는 생각을 할 수 있는 사람의 마음이다. 그러기 위해서는 직장과 사회에서 언제나 질서를 지키고 서로를 위하는 생활을 해야 한다. 만일 우리들이 이상과 같은 자아의 성장을 계속한다면, 우리는 스스로의 일생을 가장 귀하고 값있게 이끌어갈 뿐 아니라 직업을 통해 사회에 기여한다는 뜻도 높여갈 수가 있다. 인간의 일생은 무슨 일을 어떻게 하는가에 따라 결정되기 때문이다.

우리들 한 사람 한 사람의 성장이 그대로 사회의 성장임을 생각할 때 우리는 사회적 성장을 더 책임 있게 지속해나가야 한다.

사람은 할 수 있다는 신념과 용기를 가졌을 때
목적한 바와 그 이상의 일을 해낼 수 있다.
무엇이든지 할 수 있고
해야 한다는 긍정적 자세를 갖는 기상이야말로
청춘들의 무기 아니겠는가.

솔직, 겸손, 긍정이 우리 삶에 필요한 이유

우리는 모두가 더 좋은 삶과 일터를 바라고 있다. 그것은 학생이 좋은 학교를 원하며 결혼을 앞둔 청년이 더 좋은 가정을 선택하는 것과 마찬가지 이치다.

그런데 이상한 것은 결혼을 한 사람들은 더 좋은 가정을 만들기 위해 노력하는데, 일터에 몸담은 사람은 내가 몸담고 있는 일터를 더 좋은 직장으로 만들겠다는 의지와 신념이 빈약하다.

심지어는 나의 업에 대해 감사하는 마음까지도 약화된 것 같은 인상을 준다. 때로는 투쟁 그 자체가 일의 목적이 된 사람도 있다. 일에 대한 감사의 뜻이 없는 사람은 그 일이 주는 행복을 누릴 수 없고, 직업에 대해 고마운 생각을 품지 못하는 사람은 결국 성공의 길을 열어가지 못한다.

나는 내 모친이 가난한 우리 집으로 시집을 와 품팔이를 해가면서 고생하던 일을 지금도 기억하고 있다. 그 대가로 노년에는 50명이나 되는 자손들의 존경과 사랑을 받으셨다. 내 아내는 삼팔선을 넘고 한국전쟁을 겪으면서 시골에서 쌀과 채소를 구해다 파는 수고를 마다하지 않았다. 그 결과로 생전에 많은 자녀들의 아낌과 사랑을 받았다.

우리도 나 자신이 몸담고 있는 일터를 더 좋은 곳으로 만들어 더 큰 행복과 보람을 주는 공간으로 키워나가야 할 것이 아니겠는가. 나는 혜택을 누리기만 하고 누군가가 좋은 일터를 알아서 만들어줄 것으로 기대한다면 그것은 이기적인 마음의 자세인 것이다.

더 좋은 일터를 만드는 하나의 조건은 우리의 일터를 좀 더 행복한 공간으로 만드는 것이다. 그리고 이 노력은 우리 모두의 책임이다. 회사의 대표 한 사람이나 간부 몇 사람만이 책임질 문제가 아니다. 행복은 만드는 사람에게 주어지는 선물인 것이다.

그러면 무엇이 우리를 행복하게 만들어주는가. 가장 선행하는 조건은 우리들의 마음가짐이며 그에 따르는 선하고 아름다운 인간관계다. 내 마음씨가 삐뚤어져 있는데 어떻게 즐거울 수 있으며, 내가 이기적이며 배타적인 성격을 가지고 있는데 어떻게 행복하고 즐거운 인간관계가 이루어질 수 있겠는가.

적어도 우리는 두세 가지 마음의 자세와 동료들 간의 선한 사귐을 갖도록 노력하려는 의지와 책임이 있어야 하겠다.

그 하나는 언제나 솔직하고 깨끗한 인품을 가지고 모든 일을 올바르게 처리하려는 태도와 자세다.

우리는 자칫하면 솔직하지 못하기 때문에 동료들의 신뢰와 협력을 얻지 못하며, 모든 면에서 깨끗하고 바르게 행동하지 못하기 때문에 친구나 상사들의 신임을 얻지 못하는 경우가 있다. 솔직하지 못하다는 것은 거짓이 낄 수 있는 가능성을 말하며, 깨끗하고 바르지 못하다는 것은 일을 함께하기 어렵다는 결과를 가져올 수 있다. 인간관계는 물론 직장과 사업 관계에 가장 중요한 것은 믿음과 협력이다. 남이 나를 믿어주지 않고 내가 남과 협력할 수 없다면 우리는 아무 일도 할 수가 없다. 그런 사람은 사업과 직장에 피해를 입히는 불행을 초래하게 된다.

일이 언제 우리에게 행복을 더해줄 수 있는가. 우리 모두가 좀 더 솔직하고 밝고 깨끗하며 올바른 마음을 가졌을 때 가능해진다. 그것은 나와 우리 모두에게 행복과 즐거움을 더해줄 수 있다.

나와 직장 생활의 조화와 즐거움을 증대시키기 위해서는 모두가 좀 더 겸손해져야 한다. 우리 중에는 선천적으로 겸손하며 성실한 성품을 가진 사람들이 있다. 훌륭한 가정에서 자랐거나 성숙된 환경에서 성장한 사람들이 특히 그런 미덕을 갖추고 있다.

그러나 대부분의 사람들은 대단치 않은 것을 가지고

교만해지며 실력 이상으로 자신을 과대평가하여 남들이 내 의견에 따르지 않는 것을 불만스럽게 생각하기 쉽다. 한때 공무원 사회에서는 고시 합격자들이 일터에서 불화를 일으키는 경우가 있었다. 고시 합격은 공부를 더 많이 했거나 잘했다는 평가일 뿐이다. 그것 때문에 인격이 올라간 것도 아니며 인간 능력이 탁월해진 것도 아니다. 그런데 그것이 하나의 교만 조건을 만들어 동료들을 얕보거나 상사들을 과소평가하는 방향으로 흐르게 되면 공직 사회는 조화와 행복을 증진시켜갈 수 없다. 오히려 그들이 겸손해지고 성실하게 노력한다면 사람들의 존경을 받고 자연히 타의 모범이 되며 중책을 맡는 길로 나아갈 수 있을 것이다.

우리는 겸손을 위한 겸손이나 억지로 행하는 겸손을 바라지는 않는다. 언제나 스스로를 정당하게 평가하여 성실한 노력을 계속하기 위한 마음의 겸손을 높이 평가하는 것이다. 벼는 익을수록 머리를 숙인다는 격언은 우리 모두와 일터의 행복을 위한 조건이 아닐 수 없다.

직장의 발전과 직장인의 행복을 위해 한 가지 더 추가할 바가 있다면, 우리 모두가 일과 직장의 장래를 위해 긍정적인 자세와 의욕을 가지는 일이다. 사람은 누구나 할 수 있다는 신념과 용기를 가졌을 때 목적한 바와 그 이상의 일을 해낼 수 있다. 처음부터 나는 할 수 없다든지, 내가 꼭 해야 할 바가 아니라는 생각을 갖는다면 동료들과 직장 전체에 불행을 가져올 수 있다.

나는 충분히 그 일을 할 수 있고, 우리 사회는 족히 그 목표를 성취시킬 수 있다는 긍정적인 의지와 신념을 가져야 한다. 운동경기에 임하는 사람은 승리가 그 목표다. 다른 목표가 있을 수 없다. 우리도 사물을 부정적으로 보거나 소극적으로 대하는 일 없이 언제나 가능성과 적극성을 갖고 사물을 판단하며 진취적인 의욕을 갖고 일에 임해야겠다.

예전 세대는 '하면 된다'는 구호를 부르짖으며 일에 임했고 그 결과로 오늘의 한국 경제를 쌓아 올렸다. 그러던 것이 최근에는 '하면 될까?'라는 소극적인 자세로 변했고, 소수의 청년들은 '하기 싫다'는 쪽으로 흐르기도 한다.

우리는 무엇이든지 할 수 있고 해야 한다는 긍정적 자세를 갖는 기상이야말로 청춘들의 무기 아니겠는가.

먼 곳에 홀로 남아 자신이 해야 할 일을 묵묵히 해내는 사람.
기회가 올 때마다 무슨 수를 써서라도 놓치지 않는 사람.
어려운 환경에 놓인 이들을 위해 재산을 기꺼이 내놓는 사람.
어느 편이 더 값진 인생인가.

어느 편이 값진 인생인가

내가 아는 세 사람이 있다.

한 사람은 서울에서 멀리 떨어진 산간에 위치한 공장의 공장장이다. 그는 공과대학을 나온 뒤 지금 있는 회사의 사원으로 들어갔다. 대한민국 초창기에 공장을 건설하기 위해 모든 정력을 쏟았다. 그러던 중 설계 착오와 경험 미숙으로 부상을 당했고, 자기가 데려온 후배 기술자 한 명은 그 사고로 얼마 후 세상을 떠났다.

그 후 공장 건설은 끝났고 3년간 가동을 해보았더니 그 성과는 좋았다. 수고의 대가도 있어 서울에 있는 본

사로 영전할 기회가 주어졌다.

서울로 갈 준비를 다 갖춘 뒤 그는 후배의 무덤을 찾았다. 그러나 돌아서는 발걸음이 그렇게 무거울 수가 없었다. 젊은 후배를 앞세운 때문이었다. 그는 자신도 모르게 한 가지 약속을 했다.

"우리 모두가 가난하고 일 많은 사회에 태어났는데, 너는 선배를 잘못 두어 나보다 먼저 저세상으로 갔구나. 이제 내가 어떻게 하면 너에 대한 죄를 용서받을 수 있을까……. 그래, 내가 네 몫의 일까지 다 해줄 테니까 너무 나를 나무라지 말아다오……."

그 뒤 그는 서울 본사로 갈 결심을 바꾸었다. 후배의 넋을 기리는 일과 더불어 공장 설계와 건설에 긴 세월을 바치기로 자청한 것이다.

내가 그를 만났을 때도 그는 상당히 나이가 많은 편이었다. 그때도 그는 새로운 공장의 공장장으로 있었다. 공장 건설과 설계가 주어진 천분(天分)인 것처럼 산속에 머물고 있었다. 나는 지금도 대한민국을 위해 가족을 떠나 말없이 일하고 있는 그를 생각할 때마다 숙

연해진다. 참으로 고마운 사람이라는 생각뿐이다. 일을 위해서 일하는 사람 중의 하나다.

내가 아는 또 한 사람이 있다. 그는 모 대학의 교수였다. 그러나 정계로 진출하려는 꿈을 오래전부터 갖고 있었다. 학교에 있을 때도 과장보다는 처장을, 처장보다는 학장을 원했고, 언젠가는 가능하다면 총장에의 기대를 품고 있었다. 사회적으로도 학과 회장을 노리는 것은 예사였고 기회만 있으면 모든 감투를 쓰고 싶어 했다. 그러니까 한쪽으로는 대학에 있으면서 다른 한편으로는 정계 진출의 길을 열고 있었다. 학생들 앞에서는 그럴듯한 이야기를 하면서도 방학만 되면 외국으로 나가 집권층에 아부하고 협조하는 일을 삼가지 않았다.

그런 이기적이며 출세주의적 처사를 주변 사람들이 모를 리 없었다. 결국 학교 당국이나 동료 교수들이 달갑지 않게 여기기 시작했고 학생들은 어용교수라는 이름까지 붙이게 됐다. 그러나 그는 기회를 잘 잡았고 결국 국회의원이 되는 영광을 차지했다.

윗사람에게는 아첨에 가까운 충성을 표시하면서도 젊은 지성인들 앞에서는 민주주의의 수호자인 듯 양면 작전을 능숙히 쓰고 있었다. 그러나 그런 태도가 오래 갈 리는 만무하다. 결국은 양쪽 사회로부터 다 버림을 받았다. 나는 지금 그가 무엇을 하고 있는지 잘 모른다.

그래도 세상 어떤 사람들은 그를 칭찬한다. 정계의 거물인 듯이 얘기하는 사람도 있고 기회가 오면 다시 한번 출세할 것이라고 말하기도 한다. 그러나 나는 먼 훗날에 그가 무엇을 남길 것인지 의심스럽다. 학문도 포기했고 교육적 결실도 없고 정치에서도 남긴 바가 아무것도 없기 때문이다.

그는 일생을 자기를 위해 살았고, 명예와 지위가 최후 목적이었다. 그러니까 타인에게는 도움보다도 피해를 주었고, 자신도 값없는 생애를 살고 있는 것이다.

내가 아는 또 한 사람은 한국전쟁 때 남편을 잃었다. 남편으로부터 받은 유산을 정리해 자기 나름대로 최선을 다했다. 그녀가 벌인 사업의 하나는 윤락 여성들을 선도하는 일이었다. 자기 재산 중 일부를 그 사업에 바쳤다. 다른 사람을 시켜서 일을 하는 것이 아니라 자기 자신이 불행한 여성 하나하나의 어머니가 된 듯 애를 태웠다. 그러면서도 적지 않은 재산을 가난한 청소년들을 위한 장학 기금으로 내놓았다. 그러고는 아무에게도 그 사실을 알리지 말기를 당부했다.

그렇게 재산을 내놓은 데는 이유가 있었다. 자기 건강이 여의치 않기 때문에 언제 무슨 일이 일어날지 모른다는 생각이 들었던 것이다. 하나밖에 없는 딸에게는 극히 적은 액수의 재산을 물려주었을 뿐이다. '아버지가 남겨준 유산이니, 아버지와 우리 모두를 위해 값있게 쓰자'는 것이 그 부인의 고귀한 뜻이었다.

나는 부인의 이야기를 전해 듣고 가슴이 뭉클해졌다. 사회는 그런 이들을 돕고 협조해줄 의무가 있는데 왜 우리는 그런 책임을 소홀히 했을까 싶은 생각이 들었다. 만일 우리 모두가 그런 정성 어린 생각을 갖고 살 수 있다면 우리 사회는 얼마나 행복해지며 값진 인생들을 살아갈 수 있을까! 그런 이들을 위해서는 내세의 하늘나라가 준비되어야 마땅하다는 생각도 든다.

아름다움을 주고 아낌을 받는 삶

내가 미국 보스턴에 있을 때의 일이다.

찰스강에서 불어치는 바람은 여전히 강한 편이지만 추위라고는 전혀 느낄 수 없는 늦은 봄날이었다.

미국 보스턴 심포니는 우수한 오케스트라 중 하나다. 언제인가 H 교수와 함께 시즌을 끝내는 공연을 들으려고 나갔다가 표를 구할 수 없어 되돌아왔던 심포니 홀 앞을 지나게 되었다. 그 붉고 낡은 홀을 쳐다보니 마치 우리의 사랑을 거절한 연인을 보는 것 같아 약간 원망스러운 기분까지 들었다.

그러나 발걸음이 바로 홀 맞은편에 이르렀을 때, 우리는 약속이나 한 듯이 멈춰 섰다. 길 건너 심포니 홀 현관에 전과 비슷한 광고판이 서 있었기 때문이다. 혹시나 싶어 건너가본 우리는 의아한 느낌으로 서로 마주 보았다. 바로 오늘 밤에 올해의 마지막 공연이 있다는 것이었다. 그것도 샤를 뮌슈의 고별 지휘로 베토벤의 제9심포니가 연주된다는 것이었다. 우리는 갑자기 마주한 의외의 사실에 놀라움을 느낄 정도로 당황했다. 원서 제출 기한을 놓친 수험생 같은 기분이라고 해야 할까?

왜 이 며칠 동안 신문 광고에 주의를 기울이지 않았는지 원망스러웠다. 매표소에는 남은 표가 있을 리 없었다. 사정해보았지만 헛수고였다. 지휘자 샤를 뮌슈의 고별 공연이었기 때문에 표는 벌써 없어진 지 여러 날이 지난 뒤였다. 우리는 다시 한번 괴로운 단념을 할 수밖에 없었다. 나보다도 오래 보스턴에 머무르며 심포니 감상을 노리고 있던 H 교수는 그 사실이 무척 원망스러웠던 모양이다.

"김 선생, 어쨌든 우리 입장 시간 되면 한번 다시 와 봅시다. 혹시 표를 예매했다가 안 들어가는 사람이 있을지 모르잖아요?"

나도 찬성했다. 하늘에서 별이 떨어지는 경우도 있다는데, 알 수 없는 일이었으니까.

거리를 산책하고 서점에 들르는 동안에 오후 해는 점점 기울어져 갔다. 중국집에서 저녁을 먹고 나니 바로 8시 이십 분 전이 아닌가! 우리는 별이 떨어지기를 기다리며 공연장 입구에 서서 사람들의 눈치만 살피고 있었다. 얼마 후 다시 매표소로 갔다. 입장권을 살 수 없을지 묻고 또 물었다. 그 노인은 약간 미안한 표정을 지으면서 "표를 예약하고도 입장 않는 사람이 있을까 싶어 대기하고 있는 사람이 이미 수십 명인데 그 줄에 서보기라도 하십시오. 그러나 허사일 것입니다"라고 말했다. 나와 H처럼 20~30명이 대기하고 있었지만 예약자 중 한 사람도 입장을 포기하는 사람은 없었다.

이윽고 입장이 끝나고 문이 닫혔다. 행여나 별똥이

떨어질까 대기하고 있던, 우리를 포함한 수십 명은 닭 쫓던 개가 지붕 쳐다보는 격이 되고 말았다. 교섭도 해보고 조르기도 해보았지만 아무 성과가 없었다. 그러는 동안에 10여 명은 단념하고 돌아갔다. 20명 정도의 낙오자들이 교섭을 했으나 아무 반응이 없었다. 어떤 젊은 친구 한 사람이 수가 많아 보이면 될 것도 안 될지 모르니까 나머지는 문밖에 숨어 대기하고 몇 명만이 교섭을 하자고 제안했다. 나와 H 교수도 문밖에 숨어 대기하는 축에 낄 수밖에 없었다.

이후 교섭을 갔던 친구들이 뛰어나오면서 모두 저 뒷문으로 가자는 것이었다. 우리는 육상경기라도 하듯이 뒷문으로 달려갔다. 문지기를 붙들고 교섭을 진행해보았지만 역시 허사였다. 안에서는 벌써 연주하는 소리가 가늘게 새어 나오지 않겠는가. 이제는 모든 일이 끝나버렸다. 서로들 멍하니 마주 보다가 한 사람 한 사람 돌아가버렸다. 그들은 돌아가면서 우리 두 동양인에게 남달리 위안의 뜻을 전해주었다. 우리도 그렇지만 당신네들에게는 더욱 안되었다는 표정들이다. 그들이 다 갔으니 우리도 돌아설 수밖에 도리가 없었다.

"자, 우리도 이제 갑시다."

나는 H 교수를 재촉했다.

"두 번 거절당하니까 서울 집으로 가는 것만큼이나 길이 멀구먼……. 이왕 갈 바에는 담배나 한 대 피워 물고 갑시다."

그러면서 H 교수는 층층대에 주저앉았다. 몹시 피곤했던 모양이다.

담배도 3분의 1쯤 타서 일어서려고 하는데 한 노인이 층층대를 올라왔다. 유니폼을 입은 것으로 보아 보스턴 심포니 오케스트라 홀의 직원임이 틀림없었다. 비와 나무 걸레, 양동이를 들고 있는 것을 보니 청소하는 분인 모양이었다. 그는 잠긴 유리문을 두들겼다. 안에서 늙은 문지기가 문을 열어주었지만 두 손에 가득 청소 도구를 들고 있었기 때문에 들어서기 불편해보였다.

청소하는 노인 가까이에 서 있던 나는 웃으면서, "당신은 행복합니다" 하고 말을 건넸다. 그리고 그가 편히 들어갈 수 있도록 문을 열고 기다려주었다.

내 얘기를 의심쩍게 들은 노인은, "행복? 무엇 때문에?"라고 미소 섞인 질문을 던져왔다.

"우리는 이 속에 들어가려고 한참을 기다렸는데도 이렇게 못 들어가지 않았습니까……. 표를 미리 못 사서요."

내 말을 들은 노인은 웃으면서 "미안하지만, 내 잘못은 아니군요. 하긴 나도 곧 돌아 나옵니다" 하고는 들어섰다. 잠시 뒤 청소 도구를 내려놓은 노인이 다시 밖으로 나왔다.

나는 다시 문을 열어주면서 불가능한 줄 알면서도 말했다.

"우리는 둘뿐인데, 어떻게 좀 안 되겠지요?"

잠시 머뭇거리던 노인이 다시 안으로 들어가더니 두 명의 수위와 몇 마디 얘기를 나누었다. 잠시 후 문을 열고 나오면서 노인은 나에게 들어가 부탁해보라고 말해주었다.

우리는 들어서기가 바쁘게 고맙다는 인사를 하고 간단한 사유를 설명했다. 문 안에 들어선 바에야 그대로 나올 수는 없었다. 드디어 뜻이 통하여 2불씩 입장료를 물고 3층 뒷자리에 들어섰다. 물론 앉을 수는 없었지만, 앉고 서는 것은 문제가 아니었다.

제일 높은 뒷자리에서 내려다보니 장내는 빈틈없이 차 있었고, 무대에는 연주자들과 합창단이 가득히 자리 잡고 있었다. 마치 옛날이야기에 나오는 천사가 자리 잡고 있는 것 같았다고나 할까? 베토벤의 장엄하고도 힘찬 음악이 실내에 가득히 흐르고 있었다. 듣는 이들의 경건한 마음과 음악의 성스러움이 아름다움을 타고 하나로 스며드는 것 같은 느낌이었다.

악장이 끝날 때마다 우렁찬 박수가 홀을 진동시켰다. 지휘자는 몇 차례씩 박수를 받아야 했다. 그러나 그때마다 제1바이올린이나 다른 연주자를 동반하여 스스로를 낮추는 지휘자의 태도가 청중들에게 더 깊은 감동을 만들어내고 있었다.

이윽고 마지막 악장이 시작되고, 천사의 노래같이 들려오는 솔로와 코러스가 눈만 감으면 멀리 바다 건너 하늘에서 들려오는 듯 착각을 일으키게 했다. 아마 하늘로부터의 음악이 있다면 그런 것을 말할 듯 싶었다. 음악다운 음악을 별로 들을 기회가 없었던 나에게는 상상 이상의 장면이었다. 수천 명의 청중은 숨을 죽이고 있었으며 달과 별들도 무대만을 지키는 것 같았다. 코러스의 마지막 장면이 다가왔다. 우리는 모두 자신을 잃어버렸고, 그 어떤 황홀경에 빠져 있었다.

곡이 끝났다. 박수와 함성이 터져 나왔다. 그칠 줄 모르는 박수가 계속됐다. 지휘자 샤를 뮌슈는 좀처럼 지휘대에 올라가 인사를 받으려 하지 않았다. 제1바이올린, 독창자 등을 대동하고는 청중 앞에 나타나 박수와 찬사를 연주자들에게로 돌렸다. 그로서는 그럴 법한 일이다. 자기가 수십 년을 길러낸 멤버들 한 사람 한 사람이 모두 정든 벗이며 동지가 아닐 수 없었을 것이다. 그럴수록 박수는 더해지고 수천의 청중들은 일제히 일어서서 샤를 뮌슈가 한 번 더 지휘대에 올라서기를 기다렸다. 마침내 두세 연주자들이 지휘자를 억지로 지휘대 위에 서도록 이끌어냈다. 장내는 박수와 갈채로 터질 것 같았다. 몇 개의 꽃다발이 증정되었다. 한참 뒤 지휘자 샤를 뮌슈는 여러 차례의 인사를 받은 뒤 무대로 내려섰다. 그의 겸손과 정중한 태도를 엿볼 수 있었고, 그의 백발이 인간적 성실과 존엄을 보여주는 듯싶었다. 마지막 인사를 마친 뒤 그는 무대 뒤로 사라졌다. 아마 30분이나 계속된 박수가 아니었을까.

말없이 밀려 내려오는 청중에 끼여 생각해보니 지금도 참으로 상상하기 어려운 감격이었다. 수십 년 동안 오케스트라에서 시민들에게 음악의 향연을 베풀어주던 지휘자가 이제 백발이 되어 지휘대를 떠나게 되니, 그와 더불어 예술 속에서 삶의 뜻을 나누던 시민들이 존경과 석별의 정을 금치 못함은 당연한 것이었다. 그와 더불어 나이 든 시민이 얼마나 많으며 그 밑에서 음악을 깨달은 젊은이들이 얼마나 많았으랴.

나는 음악 자체보다도 지휘자를 아껴주던 시민들, 그에 대한 연주자들의 깊고 따뜻한 정에 더 아름다운 인상을 받았다. H 교수도 감격에 잠긴 것 같았다. 우리는 별말 없이 한참을 걸었다.

버스가 떠나려 할 때, 내가 "역시 보스턴은 살 만한 곳입니다"라고 말했다. 그러자 H 교수는 완전히 딴 얘기를 꺼냈다.

"나도 팔자를 바꿀 수만 있다면 다음에는 지휘자가 되고 싶구먼……."

우리는 함께 웃었다. 그러나 엄숙한 표정은 여전히 남아 있었다.

방에 들어서니 벌써 자정이었다. 자리에 누웠지만 좀처럼 잠이 오지 않았다. 베토벤 제9심포니의 멜로디, 샤를 뮌슈의 지휘하던 모습과 겸손하고 성실한 태도, 그칠 줄 모르던 박수, 음악에 얽힌 도시의 아름다움이 내 가슴에서 사라지지 않았다.

'아름다움을 주고 아낌을 받을 수 있는 삶'이란 얼마나 귀한 것인가.

3

인생을 사랑하고 즐기는 마음

젊었을 때는 목숨을 건 사랑에 도취되지만
나이가 들면 그 나이가 안겨주는 지혜로
사랑의 방법은 조금씩 달라진다.
지혜로운 판단과 책임, 인격의 갖춤이
사랑을 만들어가는 데 그 무엇보다 중요하다.

지혜로운 사랑이 귀한 이유

연애와 사랑은 우리에게 인간적 성숙과 행복을 안겨준다. 그러나 수없이 많은 사람이 연애 때문에 불행해지기도 한다.

나는 젊었을 때 러시아 문학을 즐겨 읽었다. 톨스토이나 도스토옙스키는 물론 안톤 체호프의 단편들도 애독한 편이었다. 사람들은 푸시킨을 러시아 문학의 아버지라고 말한다. 그는 시인이자 작가였으며 러시아 문학을 개척한 공로자였다. 『대위의 딸』은 그 대표작의 하나이기도 하다.

그는 38세라는 젊은 나이에 세상을 떠났다. 정확히 기억하지는 못하나 부인이 어떤 장교와 사랑에 빠졌고, 그 삼각관계를 해결할 방법으로 결투를 벌이게 되었다. 그때 총격을 받아 죽음을 재촉했던 것이다.

그 당시 사람들에게는 남자다운 용기의 소치였다고 당연한 듯이 인정받았으나, 러시아 문학을 연구하는 사람들은 지금까지도 그의 죽음을 애석해하고 있다. 귀한 것은 사랑 문제가 아니라 그가 인류에 남겨주었어야 할 예술이었기 때문이다.

파스칼이 살아 있던 당시에도 귀족 사회에서 그런 일은 자주 있었던 것 같다. 그러나 파스칼의 이성적인 사고와 종교적 견해에 따른다면 그것은 지혜로운 삶의 자세가 아니었던 것이다.

요즘이야 사랑 문제 때문에 결투를 하는 일은 찾아볼 수 없고 애정이 인생의 전부라고 생각하지도 않는다. 목숨을 걸고 사랑해야 한다는 식의 사고를 현대사회와 어울리지 않는 것으로 보고 있다.

그러나 꼭 그렇지만도 않은 것 같다.

TV에 나오는 드라마들을 보면 사랑이 인생의 전부인 것같이 살아가는 20~30대의 주인공이 많이 있다. 일도 뒷전으로 밀어놓고 연애에 빠지는 남자 주인공들, 사랑 때문에 인생의 모든 것을 포기해버리는 여자 주인공들이 얼마든지 있다. 심지어는 자녀와 남편, 아내를 멀리하고 연애지상주의에 빠져들기도 한다.

그다음의 전개는 어떠한가. 주변의 모든 가족, 친지가 반대하지만 사랑을 위해 가시밭길을 택하는 줄거리가 보통이다.

며칠 전, 그런 드라마에 열중해 있던 한 아주머니의 이야기가 걸작이었다.

"아직 젊어서 그렇지, 나이 들고 나면 다 쓸데없는 불장난이라는 것을 깨닫게 될 텐데. 우리 나이가 되면 사랑이고 미움이고 무슨 소용이 있나? 질투야 그때에나 있을 수 있는 일이지……."

그 아주머니는 연세가 70이 넘었고 신병으로 고생하고 있었다. 그러니까 젊은 세대들의 애정 싸움이 이야

깃거리가 될 수는 있으나, 자신의 삶과는 상관이 없어진 것이다.

오래전에 세계적으로 관심을 모았던 영화가 있었다. 〈무도회의 수첩〉이라는 작품이었다.

영화의 주인공은 아주 우연히 젊었을 때 같이 춤을 췄던 상대들의 이름이 적힌 수첩을 발견하게 된다. 그리고 그 무도회의 파트너들이 지금은 어떻게 살고 있는지 찾아나서는 내용이다.

일곱 명쯤 되는 파트너들을 찾아보지만 모두 노쇠해 있었고, 향락과 젊음은 하나도 남아 있지 않았다. 인생의 허무함을 실감케 하는 영화로, 나이가 들면 인생을 보는 차원이 달라짐을 보여준다.

이런 생각들을 정리해본다면, 젊었을 때는 목숨을 건 사랑에 도취되지만 나이가 들면 그 나이가 안겨주는 지혜로 사랑의 방법은 조금씩 달라진다. 그렇다고 젊은 세대들까지도 노인네들과 같은 사랑을 한다면 세상에 무슨 재미가 있겠는가. 젊었을 때는 목숨을 건 사랑을 하다가도 늙으면 서로의 행복을 위해주는 사랑으로 변하는 것이 이상적인 것 같기도 하다.

그 대신 늙어서까지 목숨을 걸고 사랑에 빠지는 이들이 있다면 그것 나름대로 꼴불견이다.

나는 73세에 재혼을 한 한 노신사가 새로 맞은 신부에게 "우리 사랑이 깨질 것 같아 내가 얼마나 울었는지 아느냐?"라고 고백했다는 얘기를 듣고, 저렇게 정열적인 삶은 좋아 보이기도 하나 어딘가 쑥스럽다고 생각한 일이 있다. 그분을 볼 때마다 그런 느낌이 가시지 않곤 했다.

후에 알고 보니까 그분의 자녀들이 나중에는 아버지를 존경하는 태도를 보이지 않았다고 한다. 그 자녀들의 자세도 옳은 것은 아니다. 그러나 늙은이들의 사랑은 또 그 늙음이 주는 지혜와 걸맞아야 좋을 것 같다.

이런 생각을 하다 보면 이것도 저것도 아닌 이상한 방향으로 이야기가 흘러가는 것 같다.

파스칼 같은 사람은 사람들이 갖는 잡스러운 애정이나 인생의 값있는 부분들을 외면하는 사랑은 안 했을 것 같다. 물론 그 자신은 결혼을 하지 않았지만…….

그런데 이상한 것은 내 친구들 가운데 연애지상주의에 빠져 애정에 온 정열을 쏟던 친구들은 후에 이혼을 하거나 가정적으로 불행해진 사람들이 많았다는 것이다. 오히려 큰 정열이나 기대감 없이 결혼을 하고 성실하게 가정을 꾸민 사람들이 조용한 행복과 가정적인 만족을 깊이 누렸던 편이다. "연애도 못 해본 놈이 이혼을 어떻게 해?" 하고 앞서 말한 사람들이 역설적인 판단을 내릴 수 있을지 모르나, 사랑의 열매는 행복으로 나타난다면 오히려 이쪽이 더 타당하지 않을까.

그러나 생각의 차원을 높여보면 한두 가지 지혜로운 판단은 있어야 할 것 같다.

그 하나는 연인 간의 애정이 사랑의 전부는 아니라는 생각이다.

그리스 사람들은 애정과 우정을 구별했으며, 후에는 종교적인 사랑까지 추가했다. 이성을 사랑하는 책임도 있어야 하나 학문이나 예술에 대한 사랑도 필수적이며, 이웃과 국가를 위한 사랑도 소중한 것이다. 이런 것을 깨닫게 된다면 연애지상주의도 시정을 받아야 하며, 우리들의 애정이 전부라는 관념은 인정받지 못한다. 젊었을 때의 애정이 균형을 잃은 것은 그 사귐의 전체성을 상실한 데서 비롯된다.

둘째는, 진정한 사랑은 감정만 앞세울 게 아니라 인격적인 사랑이 되어야 한다는 뜻이다.

젊었을 때는 폐쇄적인 내 감정만이 사랑의 전부인 듯 착각하기 쉽다. 사람들은 연예인이나 예술가같이 잘 알려진 사람들의 이혼율이 높다는 얘기를 한다. 어느 정도 이유가 있는 추리다. 연예인이나 예술가들은 감정이 풍부하며 정서적인 생활을 한다. 그런데 감정은 변하기 쉽고 정서는 곡절이 많아지는 법이다. 이성적 판단보다 감정에 격한 사랑을 하기 때문에 사랑이 식거나 오해가 생기면 헤어지는 경우가 많아질 수밖에 없다.

우리 사회에서 존경받는 예술인이 있다. 부부가 다 유명한 예술가다. 가까운 사이였기 때문에 내게 솔직한 고백을 했다. 천주교식 결혼을 하지 않았다면 벌써 이혼했을지도 모른다는 정직한 술회였다.

예술가들은 감정이 앞서면서 그것이 전부일 수가 있다. 사랑은 이성적인 판단이나 인격적 이상을 갖추지 못하면 지속되기 어려우며, 또 완전한 사랑이 되기도 힘들다. 그래서 유명인들이 결혼에 실패하면 똑같이 하는 말이 있다. 성격이 맞지 않는다는 것이다. 그것은 성격이라기보다 이성적 사고와 인격적인 결핍 때문이라고 보아야 한다.

셋째로 사랑은 대외적인 목적과 이상을 동반할 수 있어야 한다.

사랑은 우리 둘만의 감정 결합이 아니라 자녀들을 키워 행복한 가정을 만들어가는 책임도 져야 하며, 이웃과 사회를 위해 도움을 주며 봉사하는 의무도 있다는 신념을 가져야 한다. 우리 가정에서 사회 지도자가 탄생할 수 있고, 사회에 대한 봉사라는 경건하고도 성스러운 책임에 동참한다면 그 사람은 사회에 값진 결실을 남길 수 있다. 그리고 그런 사랑이 행복과 영광을 함께 안겨다주는 참다운 사랑인 것이다.

그런 사랑이 많아질 때 우리는 사랑을 통해 인간다운 삶과 사회적 행복에 동참할 수 있다는 신념을 갖추게 된다. 젊었을 때의 사랑은 아름답고 늙었을 때의 사랑에도 경건함이 있을 때, 우리는 사회에 사랑의 열매를 제공해줄 수 있는 것이다.

저물어 가는 저녁, 석가님의 이야기를 들으며
나란히 걷고 있는 자신을 생각해보라.
공자님을 모시고 식탁에 둘러앉아 잔을 나누며
그 원만한 인품을 접하고 있는 스스로를 상상해보라.
나는 어떤 편에 속하는 사람일까? 어떤 사람이 되어야 할까?

좋은 친구가 된다는 것

인간의 얼굴이 제각기 다른 것같이 그들의 성격, 사회적 지위, 그리고 후배에게 받는 존경도 각각 다르다.

존경을 받으면서도 인간적으로 좋은 사람이라면 물론 좋겠지만 때로는 존경을 받기는 하나 인간적으로 그리 좋지 않은 사람들이 있다. 그의 학문이나 예술적 업적은 높이 존경하나 그의 성격, 인품, 인간됨은 좋게 느껴지지 않는 것이다. 이제 생각의 방향을 잠깐 바꾸어 과거의 위대한 인물들을 나의 가까운 친구로 삼을 수 있다면 몇 명쯤이나 그 대상이 될 수 있을까.

나는 누가 어떻게 권유하더라도, 사상적으로는 훌륭하나 친구가 되고 싶지 않을 몇 사람이 있다고 생각한다.

나는 어렸을 때부터 톨스토이를 무척 좋아했다. 한때는 나의 모든 인생관을 그에게서 얻었을 정도로 존경하기도 했다. 그러나 톨스토이를 나의 친구로 삼고 싶다고는 생각하지 않는다. 그 자신도 억제할 수 없는 성격의 이중성, 항상 찌푸린 얼굴로 인생의 모순을 해결하려는 태도는 존경의 대상은 될 수 있을지언정 친구로서 일생을 사귀기에는 퍽 어려울 것이다.

그는 육식을 반대하면서도 밤이면 남몰래 고기를 훔쳐 먹어야 하는 체질과 성격의 소유자였다. 그의 지나친 의무적 경건성은 좋아 보이지 않으며, 그가 받고 있던 지나친 숭배와 존경의 후광은 그로 하여금 단순한 우정을 가지지 못하게 했으리라고 짐작된다.

차라리 톨스토이보다는 도스토옙스키가 인간적으로 만나기 쉽고 좋았을 것 같다. 그러나 러시아 작가 중에 가장 친밀한 우정을 나누고 싶은 사람이 있다면 주옥 같은 단편을 많이 남긴 안톤 체호프일 것이다. 그 단순

하고 담담한 성격, 어디서나 아름다움을 발견하는 인품으로 누구에게나 좋은 친구가 되어 주었을 것 같다.

그러나 누가 무엇이라고 말하든지 친구가 되기 어려운 사람들이 있다면 프랑스의 계몽사상가 볼테르와 루소, 사회과학의 아버지인 콩트, 『웨이크필드의 목사』를 쓴 골드스미스, 미국의 천재 작가 에드거 앨런 포, 염세주의 철학자 쇼펜하우어, 유명한 의지의 철학자 니체, 영국 근세 철학의 태두 프랜시스 베이컨, 악성(樂聖) 베토벤, 가극의 왕 바그너 같은 이들이 대표적이다.

이들의 사상과 예술, 그리고 이들이 인류에게 남겨준 업적은 참으로 위대하다. 그러나 그들을 일생의 친구로 섬기고 산다는 것은 지나치게 어렵고 고통스러울 것이다. 이러한 부류에 빠지지 않는 사람이 있다면 영국의 철학자 스펜서, 북유럽 작가 스트린드베리를 들어도 좋을 것 같다. 특히 니체 같은 사람에게서 지나친 존경을 받아도 곤란하며, 미움을 받아도 걱정일 것이다. 바그너는 젊은 니체의 존경을 가벼이 받았다가 일생을 고생한 사람이다. 그는 누구를 가까이하게 되면 너무 존경하거나 지나치게 미워하는 선택을 하고야 만다. 그러니 니체의 존경이란 결코 몇 해를 가지 못한다. 오히려 니체 같은 사람은 멀리 두고 보기만 하는 편이 좋을 것이다.

그와 비슷한 성격을 가진 사람이 프랑스의 사회학자 콩트다. 그는 타고난 성격을 조종하고 지배하지 못했기 때문에 평생을 불우하게 살았다. 천박한 여성을 사랑하다 실패하고 자살을 결행하는가 하면, 어디에나 있는 평범한 여성을 천사라고 불러야 마음의 안정을 얻기도 했다.

나는 베토벤의 음악을 가장 좋아한다. 그러나 그와 항상 한집에 살아야 한다면 원망스러운 일생이 될 것이다. 늙은 베토벤이 어린 친척 아이와 싸우고 있는 장면을 본다는 것은 그리 유쾌하지 않을 것이다.

그런 점에서는 루소도 마찬가지다. 숙제를 못 해왔기 때문에 남아서 하고 가라는 여선생님의 명령을 받은 일곱 살의 루소가, 선생님이 친구들을 집으로 돌려보내고 나와 좋아하자는 것인가 하고 근심했다는 심정. 대수롭지도 않은 작곡을 해놓고 발표회에 모인 귀족 부인들이 칭찬을 했다며 감격의 눈물을 떨구는 루소의 친구가 된다는 것은 곤란하지 않을 수 없다.

프랜시스 베이컨의 오만과 지나친 수다는 고요하고 유쾌한 정신 상태를 지속시켜줄 것 같지 않다.

쇼펜하우어도 마찬가지다. 그의 저서를 읽은 사람은 그 사상에 공명 도취될 수는 있다. 그러나 그 독선과 완고함, 그리고 변태적인 심리는 일반인이라면 도저히 견디어내기 힘들 것이다.

괴테 같은 이는 가장 높은 존경의 대상이 될 것이다. 그러나 그의 오만해 보이는 성격, 범인들은 이해하기 어려운 개인주의, 지나치게 받고 있는 영광과 존귀성은 누구라도 그의 친구가 되는 것을 어렵게 만들 것이다. 요한 페터 에커만 같은 이가 조심스럽게 섬기기에 가장 적당하지 않을까 생각해본다.

그리고 먼저 말한 작가들 중 몇 사람에게는 확실히

정신적 불안감이 작용하고 있기 때문에 우리는 그들의 작품만으로 만족하는 편이 좋을 것 같다.

음악가 가운데 차이콥스키는 친구가 되기 어려울 것 같아도 쇼팽이라면 친구가 됨직도 하다. 그러나 친구보다도 마음에 맞는 여자만 있으면 곧 도망치지 않을까 염려스럽기도 하다.

그런 점에서는 영국 시인 바이런의 영웅심도 그리 좋게 느껴지지 않는다. 그는 언제나 자기중심적인 마음의 왕좌를 찾고 있기 때문에 한자리에 머무르기가 곤란할 것만 같다.

키르케고르의 친구가 된다면 어떨까. 그의 친구가 되려면 자주 만나거나 의견을 교환하지 않는 편이 좋을 것이다. 키르케고르는 천진한 어린애, 순진한 노인들이 벗 삼기에 차라리 좋을 것 같다. 레기네 올센이 키르케고르와 결혼을 했더라면 그 여자는 남편의 이유 모를 정신적 부담에 불행했을지도 모른다.

그러나 이러한 사람들처럼 위대하며 많은 사람의 존경을 받고 있으면서도, 반대로 누구의 벗이라도 될 수 있는 사람들이 있다.

종교계의 성자(聖者)들은 문제 삼을 필요 없이 인류의 벗이라고 느껴진다. 저물어 가는 저녁, 석가님의 이야기를 들으며 산 밑의 마을로 나란히 걷고 있는 자신을 생각해보라. 공자님을 모시고 식탁에 둘러앉아 잔을 나누며 그 원만한 인품을 접하고 있는 스스로를 상상해보라. 감람산 웅기중기 솟은 바윗돌 모퉁이에 가지런히 누워, 들려오는 그리스도의 음성에 귀를 기울이며 잠드는 제자들의 한 사람을 자처해보라.

참으로 그분들은 뭇 백성의 친구가 아닐까 생각한다. 이러한 위치에까지는 도달하지 못한다 해도 소크라테스, 성 프란체스코, 칸트, 모차르트 같은 이들은 언제나 친구로 삼고 싶은 사람들이다.

소크라테스가 죽은 뒤, 그의 제자들이 그렇게도 스승을 못 잊어 한 것은 그의 학문이나 사상 때문이 아니었다. 그의 인간됨, 따뜻한 마음씨, 아낌없이 퍼부어주는 우정 때문이었을 것이다.

고귀한 친절과 사랑, 겸손의 소유자로서 많은 제자들이 항상 아버지라 부르며 따랐던 프란체스코는 확실히 우정을 나누는 친구로서는 역사의 유일한 분이었을지도 모른다.

칸트 같은 이와는 한집에서 일생을 같이 살아도 어색함이나 맘 쓰임이 없을 것 같다. 사색과 원고에 피곤했던 칸트와 저녁을 끝낸 뒤 30~40분의 담화를 매일같이 교환할 수 있다면 얼마나 좋겠는가. 헤겔이나 피히테 같은 이에게서는 전혀 느낄 수 없는 다감하고도 부드러운 인간성에 만족할 수 있을 것이다.

음악가 중에는 모차르트가 친구로서는 제일 좋을 듯싶다. 한두 달 여행을 위한 친구를 고른다면 아마 모차르트가 제일 좋지 않을까.

카를 힐티 같은 이는 오래 모시고 있으면서 그의 생활과 신념에 찬 뜻과 일상성을 배우고 싶다. 아마 슈바이처 박사와 비슷한 생활 태도를 가지지 않았을까 생각된다.

내가 접촉한 바 있는 한국 사람들 중에서는 도산 안창호, 인촌 김성수 같은 분과 긴 사귐을 가져보지 못한 것이 유감이다. 물론 나이와 환경의 차이가 지나치게 컸지만…….

그런데 이상한 것은 영웅·위인이라고 불리는 정치가, 군인들과는 그리 가까이 사귀고 싶어지지 않는다. 아무리 골라보아도 이 사람쯤이면 싶은 이가 없다. 더욱이 제왕, 독재자, 정당의 지도자 같은 이들은 이미 소박한 인간성, 다정한 인품을 잃어버린 것 같기도 하다.

그러나 그보다도 더 사귀기 어려운 사람들이 있다. 교만한 종교가, 위선적인 교육자, 독선적인 학자, 정치하는 예술가 등이다. 그들은 누구보다도 싫증나는, 마음의 자리를 같이할 수 없는 사람들이다.

또 가까이하기 어려운 사람들이 있다. 어디에서나 항상 만날 수 있는 다음과 같은 사람들이다.

자기는 아무 말도, 감정 표현도 안 하면서 상대방의 눈치만 보는 성격의 사람들이다. 그들에게 악의가 있는 것도 아니며 나를 해하려는 뜻이 있는 것도 아니다. 그런데도 그러한 태도를 가지는 사람과의 접촉은 그리 달갑지 않다.

그와 반면에, 상대방은 어떻든지 자기의 얘기만 떠들어대는 사람과도 친구가 된다는 일은 퍽 어렵다. 그들은 누구를 만나든지 떠들어대고, 그러는 동안에 한 사람씩 친구를 잃어가기 마련이다. 자기의 얘기를 너무 안 해도 좋지 않지만 지나친 것보다는 안 하는 편이 좋다.

자기 신념이 너무 강한 사람을 사귀거나 친구로 삼는 일도 어려울 것 같다. 인간의 아름다움과 고귀함은 그 부드럽고 여유가 있는 마음에 깃들인 감정이라고 생각한다. 신념이 강한 것은 좋으나, 지나치게 그 신념을 나타내지 않는 편이 좋지 않을까.

각박한 수고와 노력으로 사회에 진출, 또는 상당한 지위를 가지고 있는 사람을 대하는 일도 퍽 힘든 일이다. 인간성의 여유, 넓은 폭의 신념을 가진 사람들은 오히려 어머니 아버지 같고 누님 형님 같아 좋으나, 여유 없는 노력, 끝없는 주의와 수고에서 일생을 쌓아올린 이들은 언제나 자기의 일에 몰려 정신적 여유가 없이 살기 때문에 비판적인 관찰, 얕은 계획성을 가지고 타인을 대하기 쉬우므로 대개는 피곤과 불안을 가져온다.

선생님들은 어느 학생이든 귀엽고 대견하게 대하기 마련이며 또 그렇게 해야 한다. 그런데 학생들 중에는 전연 스승의 감정과 기분을 이해 못 하는 이들이 있다. 선생님의 사생활을 당연한 듯이 묻는다든지, 동료 선생님의 단점이나 약점을 얘기해서 선생님의 환심을 사려 한다든지, 지나치게 존경하는 나머지 말 한마디에 뜻을 두어 상대방을 어색하게 만든다든지 하는 태도 등이다.

머리가 좋은 학생들, 그리고 사회에 업적을 인정받기 시작하는 젊고 기운찬 학자나 예술가들의 자존심과 날카로운 지성도 좋은 면이 있으나, 그들은 괴테의 "포도주도 완전히 익어서 제맛을 가지기 전에는 거품을 내고 끓는 법"이라는 얘기를 기억해두는 편이 좋을 것 같다.

그러면 끝으로, 나는 어떤 편에 속하는 사람일까? 또 어떠한 사람이 되어야 할까?

물론 우리 모두가 위대한 업적을 남기며 명성을 떨치는 사람이 되는 것은 아니다. 그러나 크고 작은 차이는 있으나 그 어떤 성격의 인간이 된다는 것만은 확실하다.

우리는 다른 무엇보다도 원만하고 조화로운 인간성을 갖추고, 스스로의 마음과 생활을 중심 있게 가꾸어 누구에게나 공통성, 친밀성을 가지고 살 수 있는 인품을 형성해야 한다.

대수롭지 않은 명성, 불필요한 직위감, 지극히 적은 정신적 소유에서 오는 고민 등을 버리고 언제나 인간다운 인간, 편협됨이 없는 성격을 갖도록 노력해야만 할 것이다.

이러한 생활과 마음의 태도가 습관이 되고, 사회 어디서나 발견할 수 있는 전통과 빛이 된다면 우리의 행복과 인류의 안정과 영광은 더 높아질 것이다.

“남에게 대접을 받고자 하는 그대로 남을 대접하라”라는 말씀이 무릇 떠오른다.

생활의 질을 높이는 것은 돈이나 수입에서 오지 않는다.
정신적 성장을 돕는 취미,
피로, 긴장, 스트레스를 풀어주는 오락,
마음의 여유를 갖춘 사람들의 자연스러운 태도인 유머가
우리 삶에 진정으로 필요하다.

만족스러운 인생을 위한 세 가지 선물

오래전 일이다.

가까이 지내는 한 교수가 찾아와 매주 일요일마다 그림을 그리는 데 함께 가자는 권고를 했다. 결국 나는 그 일에 동참하지 못했다. 시간이 자유롭지 못하기도 했으나 그림을 그릴 소질과 재능을 갖추지 못했기 때문이다. 중고등학교 때 미술 선생님이 나같이 그림을 못 그리는 학생은 처음 본다고 평했을 정도였다. 아마 유전인자 때문일지도 모른다. 우리 아버지같이 손재간이 없는 사람은 보지 못했다.

그 후에 내 친구는 좋은 그림을 그렸다. 집과 연구실에는 제법 격조를 갖춘 유화들이 걸렸고 그림 수입으로 딸의 유학을 뒷받침했던 것으로 기억하고 있다.

친구의 뜻을 멀리하는 것도 좋지 않아 나는 그림 대신에 수필, 수상에 해당하는 글을 쓰기로 했다. 딱딱한 논리적 사고의 학문을 하고 있노라면 나도 모르게 성격과 생활의 정서적 빈곤을 초래할 것 같아 취미 활동을 해보자는 심산이었다. 다행히 젊었을 때 책을 많이 읽었고 중고등학교 시절에는 문학 서적들을 들췄기 때문에 마음이 그리로 쏠렸던 것이다. 이왕 시작했으니 한 달에 두 편쯤은 쓰기로 작정하여 꽤 여러 편을 모으게 되었다.

어느 여름방학이었다. 대학 신문에서 별로 글을 쓰지 않는 몇 교수에게 수필을 써달라는 청탁을 해왔다. 문과대학에서는 내가 뽑혔던 모양이다. 써두었던 원고 가운데서 한 편을 보냈다. 그 반응이 좋았던 모양이다. 가을에 또 한 편이 게재되었다. 그런 일이 계기가 되어 대학신문 외에도 월간지와 주간지 등에서 계속 요청이

왔다. 써놓았던 20여 편의 글이 모두 팔려나간 셈이다. 그것들이 합쳐지고 몇 편을 더 추가해서 출간한 것이 『고독이라는 병』이었다. 그 책의 반응이 상당히 좋았다.

얼마 후에 모 출판사에서 또 한 권의 저작을 요청해왔다. 그해 여름에 1년 동안 미국과 유럽을 다녀오도록 되어 있었기 때문에 서둘러 집필해주고 떠났다. 『영원과 사랑의 대화』였다. 1년 동안 여행을 끝내고 돌아와 보니 내가 없는 동안 젊은 독자들에게 대단한 관심을 모은 책이 되어 있었다.

나의 다른 책을 읽지 않은 독자들은 지금도 나를 철학교수보다는 수필가라고 부르곤 한다. 내가 바라는 바는 아니지만, 무미건조한 철학 저술보다는 폭넓은 친밀감을 가진 수필을 좋아하는 사람들이 많았기 때문일 것이다.

나는 그러한 내 생활의 일면을 자랑스럽게 생각하지는 않아도 잘한 일이었다고 생각하고 있다. 그 때문에 내가 얻은 정신적 소득이 너무 컸기 때문이다. 많은 독자들과 대화를 나눌 수 있었고 문제의식을 함께할 수 있었다는 것은 무엇보다도 큰 소득이었다. 그 때문에 철학을 공부하게 되었거나 종교적 신앙을 선택한 많은 독자들의 감사를 받고 있기도 하다.

나 개인적으로도 정서적 여유와 윤택함을 얻어 폭넓은 인간적 성장이 가능했다는 점은 잊을 수가 없다. 신체가 건강하게 자라기 위해서는 여러 가지 음식이 필수이듯이 우리의 정신적 성장과 인간적 풍요로움을 위해서는 취미 활동을 통한 마음의 영양이 필요하다. 특히 직업이 전문직이어서 심정(心情)의 폭이 좁거나 고갈된 사람들은 나이 들기 전에 어떤 취미 활동을 하는 것이 대단히 좋다. 경험을 해본 사람은 그 사실을 심각히 받아들이게 된다.

건전하고 적절한 취미 활동은 더 많은 일과 폭넓은 삶의 내용을 창출해낼 수 있다. 폭력을 휘두르고 당리당략에 치우쳐 소신을 펴지 못하는 정치인들이나 새벽부터 밤까지 돈벌이에만 열중하여 그 돈으로 인생을 낭비하는 사람들을 볼 때가 있다. 나는 그들에게 고전

몇 권이라도 읽어보고 문학으로 예술적 정서를 느껴보라고 권하고 싶다. 새로운 삶을 시작할 수 있는 좋은 방법인 것이다.

사람들에게 어떤 취미 활동을 하고 있느냐고 물으면 운동이나 독서를 말하는 때가 있다. 그러나 그것들은 취미 생활이 될 수도 있으나 그렇지 못한 경우도 허다하다.

건강을 목적으로 조깅이나 수영을 하는 것은 취미보다는 의무적인 노력이 될지 모른다. 내가 아는 한 교수는 흔히 말하는 야구광이다. 자기가 야구를 하는 것이 아니다. 야구를 즐겨 보는 동안에 야구 전문가가 된 셈이다. 국내 선수들의 동정이나 승부에 관한 연구뿐이 아니다. 외국 선수들의 기록까지 메모해가면서 게임을 즐기곤 한다. 박찬호 선수에 대한 관심은 관심이라기보다 전문적 연구에 가까울 정도로 야구를 즐기고 있다. 우리는 그런 것을 취미라고 불러도 좋을 것이다.

사실 독서는 지성인들에게 있어서는 취미가 아니다.

하나의 의무 사항이라고 보아야 할 것이다. 그러나 중세 미술에 관한 독서라든가 어떤 사회의 민속 문화에 대한 독서 등은 취미 활동이 될 수 있다. 학자들에게는 독서가 본업이기 때문에 취미 생활은 아니다. 취미는 정신적 부업이 될 수도 있고 즐거운 선택의 대상이 되었을 경우 가능한 것이다.

옛날 우리나라 선비들은 서예를 즐겼다. 또 전문 화가는 아니지만 그림을 그리고 싶어 남겨둔 것이 문인화(文人畵)의 전통을 만들었다. 민화(民畵) 가운데서도 그런 흔적을 찾아볼 수가 있다.

여행을 즐긴다든지 사진을 찍는 일은 좋은 취미 활동이 될 것이다. 음악을 감상하거나 미술품을 즐겨 감상하는 예는 쉽게 찾아볼 수 있다. 내가 만났던 신부 한 사람은 독일에서 공부했다. 거기서 얻은 취미인지 모르나 기계를 만지고 다루는 일을 하다가 자동차에 애착을 갖게 되었다. 그는 버려진 자동차의 폐품들을 모아 조립해 자기 나름대로의 고풍스러운 자동차를 운전하는 즐거움을 만끽하고 있었다. 하나의 취미라고 보아도 좋을 것이다.

어떤 사람들은 취미 활동이 본업을 능가하기도 한다. 아마 톨스토이가 법학을 공부하면서 문학작품에 손을 댔을 때는 취미 활동으로 시작했을지 모른다. 차이콥스키도 공학 공부를 하다가 음악으로 방향을 바꾸었다. 법학이나 공학은 시대와 사회가 요구하는 과제였으나 문학과 음악은 자신의 소질을 위한 즐거운 선택이었고 그것이 성공과 봉사의 길이 되었던 것이다.

또 취미 활동이 본업을 바꾸어놓은 사례도 적지 않을 것이다. 그리고 그런 사람들의 성공률이 본업에 매달려 있었을 때보다 더 많았을지 모른다. 즐거워서 하는 일은 피곤하지 않으며 더 풍부한 창의력을 일깨워주기 때문이다. 행복한 성공을 거둔 사람들은 소질과 개성에서 자아를 발견, 성취시킨 사람들이다. 또 그런 사람이 누구보다도 만족스러운 인생을 살았음에 틀림이 없다.

그러나 내가 여기서 권장하고 싶은 취미 생활은 그런 전문적인 연구나 활동을 말하는 것은 아니다. 주어진 직업과 본업이 있으면서도 인간적 균형과 조화로운 성장을 위해 한 가지씩 관심 있는 분야를 개척해보라는 뜻이다.

물리학교수인 내 친구는 고전음악을 즐겨 들었다. 잠들기 전 하루에 한 시간씩 감상하는 것이 습관화되어 있었다. 그 결과는 대단한 것이었다. 연주자를 가리는 것은 물론 나름대로의 자신 있는 해석을 하기도 했다. 피아노를 전공하는 조카딸이 시청(試聽)을 부탁해 올 정도로 발전했다.

그 친구의 말이 생각난다. "세상에서 가장 불행한 사람은 우리 마누라요. 내가 좋아하는 곡을 열심히 듣다가 아내에게 설명을 해주려고 돌아보면 음악을 듣다가 자고 있곤 해요. 그 좋은 음악을 모르면서 무슨 재미로 사는지 모르겠어요"라는 것이었다. 그 친구는 자기 삶의 여유는 물리학이 아닌 음악 감상에서 온 것이라고 말하곤 했다.

나의 가까운 친구들은 도박성이 있는 취미 활동이나 오락은 보통 멀리하는 편이다. 정서 생활의 순화에도 도움이 되지 못하며 그런 것은 취미와 오락이 되지 못한다고 생각하는 것 같다.

어떤 친구는 승부를 가리는 오락이나 취미는 좋아하지 않는다. 승부에 집착하게 되면 취미나 오락의 진수를 모르게 된다는 것이다. 운동경기를 보는 것도 그렇다. 응원하기 위해 보는 사람들은 경기 자체를 객관적으로 관찰하거나 즐기지 못한다. 승부에 관심이 없는 게임일수록 게임 자체를 즐기게 된다.

나 같은 사람은 평생 동안 낚시, 골프, 등산, 바둑, 장기 같은 것을 즐겨본 일이 없다. 항상 바쁘게 살았기 때문에 어떤 일에 긴 시간을 빼앗길 여유가 없었기 때문이다. 말하자면 행복한 삶의 한 부분을 놓치고 산 셈이다. 바둑이나 장기 심지어는 화투까지도 하지 않은 것은 머리를 피곤하게 하는 것이 싫었기 때문이다. 사색하는 것이 직업인데 다른 일에서까지 머리를 무겁게 만들고 싶지 않아서였다.

지난 몇십 년 동안은 우리나라의 옛날 도자기와 민화를 감상하는 취미를 갖게 되었다. 피곤할 때나 시간의 여유가 생기면 박물관이나 미술관을 찾았고 한때는 인사동 거리를 거니는 것이 즐거움을 더해주기도 했다. 그 때문에 얻은 미의식과 민족성의 음미는 물론, 우리 것을 사랑하고 즐기는 마음의 여유는 하나의 정신적 자산이 된 셈이다.

사람은 늙을수록 고독해지며 직업의 무대에서 밀려나게 된다. 그간 전념해온 본업은 심한 경쟁력을 요하게 되며 후배들에게 활동 무대를 양보하는 것이 불가피해진다.

그런 환경에 놓인 노년기에 평소 애정을 갖고 있던 취미 활동에 시간을 바칠 수 있다면 큰 행복이 아닐 수 없다.

내 선배 교수 한 사람은 평생을 학교에서 보냈기 때문에 정년 후에는 아침에 아들 집으로 출근해 독서를 하고 공부를 하다가 5시가 되면 집으로 돌아와 난을 가꾸는 일에 열중했다. 그 선배 교수가 난에서 얻는 수입은 학교에 있을 때와 큰 차이가 없었다. 86세로 작고

할 때까지 거의 비슷한 생활을 계속했다. 가능하다면 누구나 시도해보고 싶은 일이다.

일을 많이 하는 사람은 한 가지 일에 지치도록 매달리기보다는 일을 바꾸어가면서 하는 것이 훨씬 능률적임을 경험하게 된다. 운동 후에 쉬면서 시간을 보내기보다는 독서를 하거나 원고를 쓰는 편이 훨씬 능률적이다. 신체적 피곤을 정신적 일로 풀어주고, 정신적 부담을 신체적 운동으로 해소시켜주는 것이 일 없이 휴식을 취하는 것보다는 효과적이다.

인생에도 그런 면이 있다. 정신적인 직업을 가진 사람은 육체적인 취미를 가지며 육체적인 직업에 종사하는 사람은 정신적인 취미를 갖는 것이 바람직하다.

몇 해 전 북유럽에 갔다가 생활의 질을 높이면서 사는 젊은 부부를 본 일이 있었다. 남편은 공장에서 일하는 기능직 사원인데 주말에는 아내와 두 어린애와 함께 공원에 나와 그림을 그리는 것이었다. 중고등학교 때 그림을 좋아했기 때문에 그 취미를 살린다는 것이었다. 부인은 일주일에 두 시간씩 대학에서 문학 강좌를 듣는데 자신은 가정의 일 외에 문학적 수련을 쌓는 취미 활동을 한다고 했다. 두 아이는 부모 사이를 거닐면서 즐기고 있었다.

생활의 질을 높이는 것은 돈이나 수입에서 오는 것이 아니다. 정신적 성장을 돕는 취미 활동에서 이루어지는 것임을 생각해보았다.

취미 활동은 오락과 통하는 데가 있다. 오래 계속되는 오락이 취미 활동이 되고, 즐기기 위한 목적으로 그때그때 빠지는 취미 활동이 오락일지 모른다. 오락은 정신적 깊이나 부담이 없고 짧은 시간을 즐기면 된다. 그러나 그 오락이 우리의 피곤을 풀어주며 일에서 오는 스트레스를 해소시켜준다. 그래서 현대인들 특히 도시 생활을 하는 사람에게는 오락이 필수적이다.

한편 같은 일을 하면서도 오락적 성격을 띠는 것도 있고 취미의 방향으로 나아가는 경우도 있다. 생각 없이 영화를 보고 즐긴 뒤에 잊어버리는 것은 오락이지만 감상한 영화들의 내면성을 살피는 것은 취미에 속한다. 오락이 계속되는 동안에 어떤 전문적 깊이를 얻게 되면 취미 활동으로 올라가고, 취미가 자주 바뀌게 되면서 짧은 행사로 그치면 오락으로 변하는 것이 보통이다. 그렇다고 오락은 취미만 못하다거나 취미에 비해 정신적 가치가 떨어진다는 얘기는 아니다. 오락을 즐길 사람도 있고 취미 생활에서 즐거움을 찾는 사람도 있어야 한다. 구태여 지적한다면 지나치게 많은 오락보다는 한두 가지의 취미 생활을 선택하는 것이 긴 인생을 통해 본다면 값진 생활이 될 수 있다.

가능하다면 오락과 취미는 다양한 것이 좋다. 다른 사람의 오락과 취미를 가볍게 평가하거나 어떤 고정된 윤리관을 갖고 시비를 따지는 것은 바람직하지 않다.

어떤 한 교육자는 골프를 반대하는 편이었다. 가난한 나라에 살면서 골프를 하는 것은 사치스러운 귀족 취미라고 못마땅하게 여겼다. 후배들에게도 그런 얘기를 하곤 했다. 그러던 그가 노년기에 접어들면서 당뇨병의 치료를 겸해 골프를 치게 되었다. 그 때문에 얻은 건강과 정신적 소득이 대단히 좋았다. 그 뒤부터는 후배들에게 골프를 권하는 위치로 바뀌어버렸다.

근래에는 우리나라에서도 상당히 대중화되었지만, 사실 미국 등지에서는 골프를 특별히 귀족 운동이라고 여기지 않는다. 자기가 원하기만 하면 많은 돈을 들이지 않고도 가까운 곳에서 골프를 즐길 수 있다. 일본의 어떤 종교 대학에서는 골프장을 세워 수입을 얻어 학교 경비를 보충하기도 한다.

모든 오락과 취미는 그 사람의 선택이어서 좋다. 단지 내가 좋아 선택한 오락과 취미가 다른 사람이나 사회에 부담을 주거나 피해를 주어서는 안 된다. 국제적으로 많은 관심을 모으는 것으로 카지노 영업이 있다. 경제 수준이 높고 도박성이 짙은 사회일수록 카지노가 성행하는 것 같다. 우리나라도 비슷한 경향으로 흘러갈 가능성이 있고 현재 강원도에는 내국인 출입이 가능한 카지노 영업장이 있다고 들었다. 물론 일률적으로 나쁘다고 말할 자격은 없다. 그러나 카지노 같은 오락이 취미가 되고 그 취미가 본업이 되어버린다면 그것은 소망스럽지 못하다. 일종의 도박성 행위로 볼 수 있기 때문이다. 더 건전하고 생산적인 오락과 취미가 있는데 사회적으로 높이 평가받을 수 없는 오락 행위에 인생의 많은 부분을 바친다는 것은 재고해볼 필요가 있다.

끝으로 오락의 필요성을 살펴본다면, 오락이 갖는 '재창출'의 역할을 생각해볼 수 있다. 오락을 영어로는 레크리에이션(recreation)이라고 한다. '새로 창조한다'는 뜻이다. 오락을 통해 피로, 긴장, 스트레스를 풀고 더 수준 높은 일, 더 소망하는 활동을 할 수 있다면 오락은 취미 이상의 의미를 가질 수 있고 현대인에게 필수적이다.

그리고 오락은 다른 사람과 더불어 즐길 수 있기 때문에 인간관계를 아름답게 이끌며 우의를 높이는 데도 큰 도움을 준다. 우리 주변에 오락 시설이 많이 생기는 것도 이해할 만하다.

사회생활을 하는 데 오락이나 취미에 속하지는 않으나 우리의 마음을 즐겁게 해주는 또 하나의 길이 있다.

흔히 서양 사람들은 그것을 유머라고 부른다.

오래전에 스코필드 박사를 방문한 일이 있었다. 그는 나에게 "다른 사람은 모두 위로의 말씀을 하는데 김 선생은 예외로군요?"라고 말했다. 내가 "그동안 무슨 일이 있었던가요?"라고 물었더니 "내 동생이 죽었지요"라는 것이었다. "아드님은 있지만 동생이 계시다는 것은 모르고 있었는데요?"라고 반문했더니 "어제 신문에 보도되지 않았어요? 창경원에 있던 동생이 죽었거든요"라면서 웃었다. 나도 웃었다. 스코필드 박사의 별명은 '호랑이 할아버지'였다. 그런데 전날 창경원 동물원의 호랑이가 죽었던 것이다. 나도 "박사님을 방에서만 만났지 창경원에서 뵌 일이 없어 죄송하게 되었습니다. 섭섭하셔서 어제 저녁은 굶으셨어요?"라고 말했더니 "어제는 먹었고 오늘은 어떨지 생각해보아야겠어요"라면서 웃었다.

내가 평양에서 중고등학교를 다닐 때는 숭실대학교의 양주동 교수님과 채필근 교수님이 지성계의 대표 인사로 꼽혔다. 두 분이 어떤 웅변대회에서 심사위원을 맡은 일이 있었다.

입상자를 발표하기 위해 양주동 교수님이 먼저 심사평을 하고 내려왔다. 뒤따라 강단에 올라선 채 교수님이 "이런 대회의 심사는 양 선생님이 저보다 적격자입니다. 그분은 주둥이(입)가 둘이기 때문에 말씀을 잘하시지만 나는 입이 하나밖에 없어서 말을 많이는 못 합니다. 그저 채 끝내기 위해 나선 겁니다. 제 이름은 채필하게 되어 있거든요?"라고 말해 모두가 웃었다. 지리하고 피곤했던 분위기를 순식간에 바꾸어놓았던 일이 생각난다.

우리 사회에 널리 알려진 류 선생님이 있다. 그가 동년배인 강 목사님(그도 유명한 분이다)에게 여러 사람이 모인 자리에서 제법 엄숙하게 "참, 강 목사님 본이 어디십니까?"라고 물었다. 강 목사는 "저는 진주 강 씨입니다"라고 대답했다. 사람들은 류 선생이 무슨 뜻으로 물었는지 궁금해서 쳐다보았다. 류 선생은 "아아 그랬었구나! 다른 뜻이 있는 것은 아니고 우리 집 강아지가 진주서 온 강 씨가 돼서 혹시 본이 같은가 해 물은 겁니다"라고 말했다.

둘러앉았던 사람은 모두 한참 웃었다. 류 선생님이 본래 그런 농담을 잘하기 때문에 그의 주변에서는 웃음이 그치지 않는다. 그래서 그런지는 모르지만 고령인데도 남달리 건강하게 일하고 있다. 어떤 이는 류 선생님을 가리켜 "저 어른은 백을 넘길 거야. 사람은 철들었다가 늙는 법인데, 아직 철도 들지 않았으니까 언제 늙을지 모르지"라면서 웃는다.

우리 주변에서는 이러한 유머가 점점 사라져가고 있다. 긴장과 싸움만 있지 마음의 여유가 없다. 여야 정당 대변인들의 말을 들으면 거칠고 창피스러운 말들이 너무 많다. 대변인들이 유머러스한 말을 써서 국민들에게 웃음을 안겨주는 때가 우리나라에 오려면 수십 년은 더 기다려야 할 것 같다.

이런 유머를 즐기면서 가장 잘 쓰는 민족은 영국 계통의 앵글로색슨이다. 그들은 사석에서는 물론 공석에서도 재치 있는 유머를 즐긴다.

유머는 취미도 아니고 오락에 속하지도 않는다. 그

러나 아주 쉽게 우리의 피곤과 긴장을 풀어주는 정신적 기능을 갖고 있다. 오늘과 같이 스트레스의 후유증을 앓고 있는 사회에서는 유머가 오락 못지않게 값진 삶의 활력소가 될 수 있다. 그리고 그것은 마음의 여유와 정신적 수준을 갖춘 사람들의 자연스러운 자세이며 바람직한 마음의 선물이기도 하다.

인생을 취미와 학문으로 성실하게
살아가는 모습은 얼마나 고귀한가!

값진 인생을 산다는 것

1974년 여름이었다.

나는 한 한국 학생과 같이 프라이부르크대학의 홍크 교수 댁을 방문하였다. 그는 저명한 물리학자였다.

아담하고 조용한 집이 숲속에 자리 잡고 있었다. 그러나 내 눈을 끈 것은 방 어디에나 정돈되어 있는 우아하고도 고전미가 있는 가구들이었다. 과학자라기보다는 예술가의 집 같았고, 전문가가 꾸며준 방이나 가구라는 인상을 받았다.

얼마 후에 나는 함께한 학생으로부터 그때까지 몰랐

던 사실을 전해 들었다. 네덜란드가 고향인 홍크 교수는 어렸을 때부터 훌륭한 가구공이 되고 싶어 했단다. 그는 초등학교 때부터 가구를 사랑했고, 가구공으로서 일생을 빛내고 싶은 간절한 꿈을 갖고 있었다.

그러던 소년기에 뜻밖의 불행이 찾아왔다. 심한 소아마비를 앓게 된 것이다. 구사일생으로 살아남기는 했으나 그는 불구가 되고 말았다. 한쪽 팔은 완전히 못 쓰는 처지가 되었다. 다리도 약간 절었다. 너무 심한 병고를 치르는 동안에 체력도 거의 바닥나버렸다.

그는 육체로 일하는 가구공의 꿈을 포기할 수밖에 없었다. 가족도 그에게 새로운 인생을 설계하도록 권고했다. 여러 가지로 생각한 나머지 그는 열심히 공부해서 학자가 되기로 마음을 바꾸었다. 그는 과학 중에서 물리학을, 그것도 이론물리학에 뜻을 품고 선택하였다.

그는 기독교 사회사업에 전념하고 있던 부인과 결혼을 하고 아담한 환경의 주택에서 학구 생활을 계속하였다. 그러나 어렸을 때의 취미와 꿈을 버릴 수 없어

가족의 도움을 받아 필요한 가구는 자신이 직접 만들어 쓰곤 했던 것이다. 그래서 어디서도 구입할 수 없는 좋은 가구들을 제작하여 사용하고 있었다. 지하실에 내려가면 가구를 만드는 재료와 도구들이 있고, 불편한 몸을 이끌고도 집 안의 가구는 직접 만들어 썼다고 했다.

인생을 취미와 학문으로 성실하게 살아가는 모습은 얼마나 고귀한가!

조용히 그러나 즐겁게, 그러면서도 값진 인생을 산다는 것이 바로 그런 면에서 나타나는 것이 아닐까 싶었다.

기름을 치지 않는 기계는 고장이 나며,

휴식을 취하지 않고는 더 큰일을 해낼 수 없듯이,

생활의 여유가 사라지면

인생의 값진 결실을 찾을 길이 끊긴다.

마음의 여유를 갖자

현대사회를 메커니즘의 시대라고 부른다. 기능주의가 생활의 표준이 되어 있으며 기계 만능 시대를 살고 있기 때문이다. 과학과 메커니즘을 빼놓으면 현대사회는 곧 그 기능을 정지당하고 말 것이다. 기술과 기계가 모든 것을 지배하는 현상으로 탈바꿈한 것이 오늘의 현실이다.

절대다수의 인간이 농촌을 떠나 도시로 모여들었고, 도시 생활은 그 자체가 기계적인 움직임 속에서 이루어지고 있다. 기계를 떠나서는 도시 생활이 불가능해진 까닭이다. 그리고 오늘의 경제생활은 기계적인 생산과 소비로 점차 변질되어가고 있다. 그 기능이 강화될수록 우리의 생활은 편리해지며 더 많은 것을 향유할 수 있다.

그러나 여기에서 문제가 발생했다. 이런 변화가 찾아오는 동안 우리는 자연을 상실하였고, 생활의 여백을 빼앗겼는가 하면, 정서적인 고갈을 면할 길이 없어졌다. 한마디로 정서적인 여유를 잃은 것이다.

근로자들은 종일 기계와 씨름하면서 기계의 부속품인 양 일해야 한다. 관리자나 판매업에 종사하는 사람들은 빽빽하게 짜인 시간의 구속을 받으면서 팽팽한 조직 속에서 뛰어야 한다. 지도층 인사들도 정해진 스케줄대로 움직이면서 일 처리를 해야 한다.

우리는 일할 줄은 알지만 살 줄은 모르는 현실로 뛰어들고 있으며, 삶의 목적과 의미가 무엇인가를 물을 마음의 여유조차 잃은 지 오래다. 물론 그렇게 살지 않는 소수의 사람들도 있다. 그러나 그들도 마침내는 같은 현실에 매몰되고 말 것이다.

나는 우리나라의 한 작가가 미국에 갔다가 미국 작가들이 타이프라이터로 작품 원고를 쳐내는 것을 보고 돌아왔다는 기사를 본 일이 있다. 타이프라이터로 소설을 쓰고 시를 창작한다는 것은 그 작가로서는 상상도 할 수 없었던 일이었다. 그러나 우리 후대들은 또 같은 길을 택할 것이다. 기계의 도움과 혜택을 외면하고서는 그 결실을 가져오기 어렵게 된 것이 우리의 현실임을 어쩌겠는가.

이러한 사회 변화와 역사의 추세가 반드시 잘못되었다고는 생각지 않는다. 그러나 우리의 삶이 일방으로만 치우치면 거기에는 돌이킬 수 없는 불행이 뒤따를 수도 있다는 사실을 망각해서는 안 된다. 생활에는 언제나 균형이 있어야 하고 역사는 항상 정도(正道)를 걸어야 한다.

그러면 이러한 현실 속에서 우선 우리가 택하며 수정해야 할 방향과 자세는 어떤 것일까? 쉽게 생각해서 '생활의 여유'를 찾자는 뜻이다. 기름을 치지 않는 기계는 고장이 나며, 휴식을 취하지 않고는 더 큰일을 해낼 수 없듯이, 생활의 여유가 사라지면 인생의 값진 결실을 찾을 길이 끊기기 때문이다.

그러면 그 여유를 찾는 길은 무엇인가.

우선 현대인들은 자연과 접할 기회를 많이 가져야 한다. 현대인들의 지병은 스스로 자연을 파괴하고는 그 자연에 대한 향수를 채우지 못하는 데 있다. 과거와 달리 농촌이나 휴양지를 찾는 도시인이 많아진 것이 바로 이를 입증해주고 있다. 자연은 인간의 어머니이면서 삶의 고향이다. 인간은 결국 자연에서 왔다가 자연으로 돌아가는 운명을 지니고 태어난 것 아니겠는가.

그런 점에서 현대인들은 자연을 사랑하고 위해주며 자연과 공존해야 한다는 하늘의 도리에 어긋나지 않아야 한다. 녹색 지대가 있는 공장, 푸른 숲이 보이는 사무실이 있어야겠다. 유럽에는 이상적인 생활환경이 계획되어 있다. 대도시를 없애고 농장과 아파트가 공존하는 생활상이 그것이다. 인간은 결국 자연과 가까울수록 행복해지며 마음의 여유를 갖기 마련이다.

둘째, 일상생활에서 공사를 구별할 수 있음이다. 아직도 직장에서 사적인 일을 하는 미숙한 직장인이 있고, 집에 돌아와서도 공직에 빠져 사는 열성파도 있다. 직장에서 자기 일을 하는 것은 잘못된 자세다. 그렇다고 해서 24시간 전부를 같은 일에 몰두하는 것도 좋은 습관은 아니다.

외국의 교수들은 연구 활동은 대학에서 하고 사생활은 집에서 한다는 생각이 뚜렷하다. 아침 일찍 대학에 나가 연구와 강의에 열중하고 오후 늦게 귀가한다. 나머지 시간은 가족과 함께 즐긴다. 그러니까 일생 동안 연구 활동을 계속해도 무리나 강박관념에 빠지는 일이 없다.

외국 교수들이 집에는 책을 두지 않는 이유가 거기에 있다. 오히려 가정에서는 취미 활동 같은 데 시간을 쏟는다. 그들은 더 큰일을 하려면 마음의 여유가 필요하다고 생각하고, 창조적인 노력은 그것을 뒷받침할 정신적 여백이 필수라고 믿고 있다. 그들은 급한 일이 생기면 학교에 가서 일을 하고 다시 돌아오곤 한다. 생활에 공간적 변화가 있다는 것은 여유를 만들어주기 때문이다. 정신적 여유와 생활의 여백을 위해 우리도 생각해볼 문제라고 하겠다.

셋째, 독서와 예술 등을 통하여 스스로 마음의 여유를 만들어가는 것이다. 현대인은 지성인이어야 하고 또 문화인이어야 한다. 지성인이란 책을 읽고 생각할 수 있는 사람이다. 문화인은 문화적 유산을 즐기며 문화에 참여할 수 있는 생활인이다.

그러나 우리가 말하는 것은 지성인이 되고 문화인이 된다는 그 자체가 아니다. 책을 읽고 생각할 수 있는 사람은 일과 사물을 객관적으로 보고 대할 수 있기 때문에 삶의 여유를 가질 수 있다는 뜻이다. 문화를 접하며 문하적 참여를 즐길 수 있다는 뜻이다. 직접 문하를 접하고 참여를 즐기는 사람은 언제나 정신적 여유와 생활의 여백을 가질 수 있다.

1년 내내 한 권의 책도 읽지 않았다든지 어떤 문제에 대한 생각을 정리해본 일도 없었다면, 어떻게 생활의 여유나 마음의 공간을 가질 수 있겠는가. 우리 주변에는 수많은 사람이 아끼고 찬양하는 문화재와 박물관이 있는데, 그것들을 외면한 채 평생을 산다면 그렇게 각박한 인생이 어디 있겠는가!

물론 이러한 정신적 가치는 깊을수록 더 많은 것을 깨닫게 해주며 세월이 갈수록 더 풍부한 것을 배우게 만든다. 그러나 수준에 따라 누구나 접할 수 있고 택할 수 있는 길이다. 낮에 기계와 씨름한 사람이 수필이나 시 한 편에서 인생의 여백을 음미할 수 있다면 얼마나 좋은가. 종일 피곤하게 사람들을 대하다가 저녁에는 명화(名畵)를 감상하거나 위대한 작품에 영혼을 기울일 수 있다면 어느 편이 더 귀한 인생이겠는가.

그럼에도 불구하고 우리는 노력만 한다면 얼마든지 얻을 수 있는 정신적 업적과 문화적 혜택을 외면하면서 살고 있다. 혹은 그러한 인생을 살기에는 자신의 소양이 부족하다고 미리 자탄하는지 모른다. 책 읽을 시간도 없고 정신적 내용을 섭취하거나 교류할 기회와 여건이 완전히 없어서야 되겠는가.

끝으로, 마음의 여유를 가지려면 자기를 잊을 정도

로 즐길 만한 시간이 때때로 있어야 한다. 그것이 스트레스를 해소하는 방법이며 즐거운 여흥(recreation)이라고도 부른다. 새로운 출발과 창조적 활동을 위해서는 긴장을 해소시킬 시간이 필요하다. 긴장과 정신적 부담을 풀어 소멸시키는 일이 현대인에게는 무엇보다도 중요하다.

선하고 아름다운 인간관계를 통해 더 많은 것을 배우고, 더 가치 있는 일을 하기 위해 새로운 자신을 찾는 노력이 필요하다. 그런 점에서 우리의 인격은 일과 더불어 자라며, 일은 생활의 여유를 동반하게 하여 더 고귀한 결과를 초래한다.

우리가 생활의 여유를 고귀한 인생의 지혜로 삼는 이유가 여기에 있다.

4

삶의 완성으로 가는 길

부정에서 긍정으로, 불안에서 믿음으로,
절망에서 희망으로, 상실에서 실제로의 길이
우리의 요청이며 뜻이다.
그 정성과 수고를 다할 책임이
우리에게 성실하게 주어져 있다.

"나는 내 주변을 둘러보았다. 거기에는 아무도 없었다. 나는 불안해지기 시작했다."

고대 인도의 철학 경전 『우파니샤드』에 나오는 한 장면이다.

"나는 공간의 무한성을 대할 때 누를 수 없는 공포를 느낀다."

파스칼의 고백 중 하나다.

나를 둘러싸고 있는 공간의 침묵이 때로는 불안을, 때로는 공포를 가져오는 경우가 있다. 침묵이 영원하다면 그 침묵이 가져오는 고독 때문에 나는 삶을 계속할 수 없을 것 같다. 공간이 무한이라면 나는 그 무한 때문에 스스로를 보존할 수 없을 것 같다. 침묵에서 오는 고독, 무한이 안겨주는 불안이 마침내 나를 삼켜버리고 말 것 같다.

나를 그 침묵의 한 부분으로 생각하면 되지 않는가? 나 자신을 그 무한의 한 점 같은 부분으로 돌려버리면 그뿐이 아니겠는가?

그러나 그럴 수는 없다. 나의 뜻과 생각을 침묵 속에 묻어버리고 나 자신을 무한 속에 영원히 잠들게 한다면 그것은 나의 상상일 뿐 아니라 세계와 우주 그 자체의 상실이기 때문이다. 아무리 작고 보잘것없는 하루살이 같은 나일지라도, 나의 의식과 사상은 그것이 그대로 세계·우주와 맞먹는 실체이기 때문이다. 비록 불안을 느낀다 해도 불안을 느끼는 나는 세계를 상대로 삼고 있으며, 비록 공포에 떨고 있을망정 그 떨고 있는 자아가 우주와 대결하고 있기 때문이다.

나는 나를 둘러싸고 있는 세계를 정복, 소유함으로

써 모든 불안을 씻고 안주의 고장으로 삼고 싶다는 뜻을 가지면서도 끝없는 공간의 지배와 침투를 당하고 있는 셈이다. 마치 하늘과 땅을 뒤엎을 듯이 폭풍우가 몰아치는 사막 속에서 안주할 천막이라도 쳐야 한다는 절박한 처지에 놓인 심정이 아닐까.

나는 이 침묵 가운데에서, 나를 응시하고 있는 우주의 무한성 속에서, 꺼져가는 불티 같은 나 자신을 붙들어야 한다고 애태우고 있다. 유한이 무한 속에서는 아무것도 아님을 잘 알고 있으면서도……. 그렇기 때문에 어떻게 본다면 승산 없는 전쟁에 임하는 것 같은 싸움을 포기하지 못하는 것이 나의 삶 같기도 하다. 다섯 자 육체를 가진 내가 이렇게 광대하고 무한한 우주에 도전하다니? 그래도 끝까지 싸우는 것이 나의 성실한 의무다.

오늘 저녁에도 나의 어머니는 고향으로 가고 싶다고 말했다. 한국전쟁으로 고향을 떠난 지 벌써 36년, 하루도 빠짐없이 고향 얘기를 하고 있다.

"우리 집에는 누가 사는지……."

"가을이 되면 뜰 안에 담뿍 열매를 떨어뜨려주던 밤나무들은 그대로 자라고 있는지……."

"할머니에게서 물려받은 옷장은 아직도 아랫방에 놓여 있는지……."

"시집올 때 가지고 왔던 은수저는 누가 보관하고 있는지……."

이런 얘기를 해가면서, 그 모든 것 때문에 고향으로 가고 싶다는 것이다.

가족은 어머니의 생각을 돌려보려고 한다. 서울에는 더 많은 것이 있으며 어차피 몇 해 동안은 단념해야 할 것이라고 타이른다. 그러나 어머니의 대답은 언제나 간단하다.

"그래도 죽을 때는 고향에 가서 죽어야지."

내 어머니는 당신의 정성, 육체, 삶이 담겨 있던 고장을 고향이라고 부른다. 그리고 그 정든 고장에서 길이 잠들고 싶다는 생각이다.

어떻게 보면 인간은 정든 분위기와 고장을 찾아 그

속에 머물고 싶은 공간에의 향수, 고향에의 그리움을 한평생 지니고 사는 것 같다.

내 친구 C가 입버릇같이 하는 얘기가 있다.

"언젠가 한 번 더 찰스 강가에 가보아야지! 내 아름다운 꿈이 깃들었던 곳이니까……."

C는 몇 해 전 사랑하는 아내를 잃었다. 아내가 그리울 때마다, 처음 애인으로서의 아내를 만났고 몇 달 동안 사랑을 속삭였던 강가를 잊을 수 없는 모양이다. 지구 저쪽에 있는 찰스 강가를 생전에 한 번은 더 가보아야겠다는 얘기를 멈추지 않는다.

역시 인간이란 여러 고장에 정을 두고 살다가 그 정든 고장도 잃어버리고 어디론가 가버리는 운명의 길손이 아닐까! 될 수 있는 대로 많은 공간을 지니려 하다가 마침내는 그 어느 것도 소유하지 않고 떠나가버리는 고향 없는 나그네, 그것이 인간이 아닐까! 나도 모르는 어떤 고장으로부터 왔다가 누구도 모르는 어떤 곳으로 가버리는, 공간을 지니려 하다가 모든 공간을 내놓고 가는 손님이 아닐까!

새가 나무에 둥지를 틀 듯이 우리는 땅 위에 집을 짓는다. 새들은 넓은 하늘 속의 둥지를 자기들의 안식처로 삼는다. 우리는 대지 위에서 자기네 오막살이를 자신의 공간으로 삼는다. 새들이 천 리나 넘는 하늘을 날다가도 둥지로 돌아와서야 안심하듯이, 우리는 세계 어느 모퉁이를 다니다가도 자기 집 자기 방에 돌아와서야 마음 놓고 잠든다. 그곳을 나의 공간이라고 믿고 있기 때문이다.

공간에의 향수와 소유감, 그것이 우리의 삶을 이끌어가고 있는 것 같다.

몇 해 전 나는 치과에서 앞니를 두 개나 빼버렸다. 어찌나 서운했는지 모른다. 식구들이 쳐다보더니 제각기 한마디씩 한다.

"할 수 있나. 나이 들면 하나씩 잃어버리기 마련이지."

어머니의 얘기다.

"앞으로는 미리부터 조심하세요. 남들은 늙도록 생

생한 치아를 가지기도 하는데……."

아내의 얘기다.

"이를 빼고 오니까 우리 아버지 같지 않다."

딸의 얘기다.

"치과에 가기 전에 한 번 더 할아버지 얼굴을 보아둘 걸 그랬지?"

초등학교 다니는 어린 손주의 얘기다.

거울 앞에 가서 한 번 더 살펴보았다. 어딘가 '나'의 한 부분, 중요한 한 부분을 잃어버린 것만 같았다. 이렇게 한 부분씩을 잃어가다가 내 육체를 전부 잃는 때가 올 것이다. 그때 나는 죽음을 맞이할 것이다. 죽음이란 나의 공간을 송두리째 잃어버리는 순간이기 때문이다.

생각하면 이상한 일이다. 손가락 하나를 잃고도 그렇게 슬퍼하던 친구다. 두 손을 잃은 뒤 자살까지도 도모했던 젊은이들이, 죽음이 찾아왔을 때는 자기의 전부를 고스란히 잃어가면서도 반항할 힘조차 없어 체념해버리는 것이 인간이다. 우리들 자신이다.

이렇게 본다면 내 육체는 공간 중의 공간이다. 나의 공간이라기보다는 나 자체인 것이다. 그러므로 공간의 상실은 육체의 상실, 육체의 상실은 삶과 나 자신의 상실이다. 이 상실을 막아볼 양으로, 이 상실을 사실이 아닌 양 도피해볼 뜻으로 예술을, 철학을, 종교를 만들어왔다. 그러나 사실은 사실이다. 마침내 자아라는 공간을 깡그리 잃어버릴 때가 오고야 마는 것이다. 정들었던 것들, 즉 하늘·바다·산·숲길·꽃·새·별·달, 이웃·집·가족·친구들은 물론이요, 나 스스로의 공간, 나 자신이었던 육체마저도 작별해야 할 때가 오고야 마는 것이다.

생각하면 쓸쓸한 삶이다. 외롭고 적적한 인생이다. 그래서 하이데거는 인간을 던져진 존재라고 했다. 누가 내던졌는지는 아무도 모른다. 따라서 내던진 이에게는 아무 책임도 물을 수가 없다. 우리가 아는 것은 '나는 이미 내던져진 존재로서의 스스로를 발견했다'는 사실뿐이다. 그러므로 끝없는 관심과 불안이 우리를 지배하고 있다. 던져진 곳으로 돌아갈 수도 없고 고요히 머물 만한 안식처도 없다. 고향을 상실한 현대인, 집 없는 나그네 같은 현실이 우리의 현실 존재다.

그렇다면 이제 남은 과제는 무엇인가? 어떻게든 잃어버린 고향을 찾아야 하며 안심하고 살 수 있는 고장을 이뤄놓아야 한다. 그것이 근본적인 과제이면서도 우리에게 주어진 지상명령이다. 그런데 이 일이 어떻게 가능할 수 있을까!

이제 생각의 방향을 잠시 돌려보기로 하자.

과연 우리는 목적도 의미도 없이 던져진 존재일까? 빈 하늘에서 호박이 떨어지듯이 무책임하게, 아무 뜻도 없이 굴러떨어진 존재일까?

그렇다고 가정하자. 그래도 내가 이 세상에 태어났을 때는 나를 극진히 사랑해주는 부모가 있었고, 어떤 경우에라도 나를 저버리지 않는 형제가 있었다. 다정한 이웃들이 따뜻한 품을 제공해주었고, 뜻이 맞는 친구들이 사랑의 사귐을 지속해주었다. 이유나 조건을 묻지 않고 사랑해주는 사람들이 있었고 나의 삶을 끝까지 보살펴주는 친지, 동료들이 한가지로 삶을 누리고 있었다. 내가 좀 더 착하고 보람 있게 그들을 대했더라면 그들의 마음은 훨씬 더 가까이 있었을 것이며, 나는 그 깊고 넓은 정의를 잊을 수 없었을 것이다. 이렇게 생각한다면 나는 오히려 던져진 존재라기보다는 주어진 존재, 무엇인가를 위해 맡겨진 존재라고 봄이 맞겠다.

다시 생각을 연장해보자.

저 맑고 푸른 하늘, 유유히 넘나드는 넓은 바다의 파도, 우거진 숲속의 고요함, 제각기 다른 위치에서 밤하늘을 빛내주는 별들, 다정한 미소를 던져주고 열매를 맺는 화초들, 마음을 나눌 수 있는 다감한 벗들, 이유도 없이 깊은 사랑을 속삭일 수 있는 이성들, 고요한 산천을 울리는 새소리들…….

그것이 곧 즐거운 삶이며, 삶의 보람이며, 아름다움이 주는 행복 아닐까? 그 속에서 불만을 말하고 불행을 토로하며 불평을 일삼는 사람들은 지나치게 이기적이며, 자연과 우주의 질서를 모르는 태도와 처사가 아니었을까? 다른 애들은 백 원씩 받았는데 자기는 천 원을 얻고도 왜 만 원이 아니냐고 불평하는 욕심꾸러기의 불행이 아닐까? 세계와 우주의 질서를 제멋대로 바꿀 수 없기에 삶을 저주한다는 교만이 낳은 악마의 후손이 아닐까?

이렇게 본다면 인간은 던져진 존재가 아니다. 차라리 택함을 입은 존재, 축복을 받은 존재겠다. 그렇게 생각하는 사람도 적지 않다.

그렇다면 문제는, 나를 둘러싸고 있는 세계로서의 공간, 무한으로서의 우주가 아니라 그것을 어떻게 보는가 하는 나의 견해, 주체적인 해석이 아닐까?

같은 것을 기쁘게도, 슬프게도 보는 것이 인간이다. 한 가지 사실을 괴롭게도, 즐겁게도 대하는 것이 우리들이다. 백발을 슬프게 여기는 향락주의자도 있고 백발을 영광으로 삼는 종교인도 있다. 인생고에 쓰러지는 낙오자도 있으나, 고뇌를 넘어 삶의 환희를 찾은 승리자도 있다.

문제는 그중 어느 편이 나인가 함이다. 한 사람은 이

세계와 무한의 공간을 나를 앗아가는, 나를 잡아먹으려는 부정적인 악마성이라고 여기고, 다른 한 사람은 이 공간과 자연을 나를 위해 주어진 선물인 긍정의 약속이라 믿고 있다. 나는 어느 편일까?

그것은 우리들 각자의 문제다. 부정에서 긍정으로, 불안에서 믿음으로, 절망에서 희망으로, 상실에서 실제로의 길이 우리의 요청이며 뜻이다. 그 길을 채우기 위해 선조들이 걸어왔으며, 그 뜻의 충족을 위해 선인들이 노력해왔다. 그 정성과 수고를 계승할 책임이 우리에게 성실하게 주어져 있다.

공간의 무한성이 나의 참됨, 아름다움, 선함으로 채워질 수 있는 그때를 위하여!

약간 우울한 이야기

여러 해 전, 선배 교수로부터 들었던 이야기가 생각난다.

김 선생, 요사이 늙는다는 것이 어떤 것인가 하는 생각을 해보았어요. 그 하나는 생활공간이 점점 좁아지는 것이라는 생각이었어요.

대학에 있을 때는 회갑 기념 논문집을 받을 필요가 없었어요. 그런데 다른 친구들도 다 치르는 일이고, 후배 교수들이 정성을 모아 수고해주었기 때문에 감사히 받았습니다. 그것이 신문에 보도되고 밖으로 알려지니까, 아는 사람들 모두가 갑자기 늙은이 취급을 해버리더라고요. 나는 변한 것이 없는데 남들이 그렇게 만든다니까요.

우선 자주 만나는 동료 교수들의 인사가 달라지곤 해요. 며칠 전까지만 해도 "일찍 나오셨습니다"라든지 "안녕하십니까?"라고 하던 사람들이 "건강은 괜찮으시지요?" "요새는 무엇으로 소일하세요?"라고 인사말을 바꾸더라고요. 아무렇지도 않은 사람을 자신들의 활동 영역에서 내모는 거예요. 그래서 남은 5년 동안은 공부도 별로 못 하고 퇴임에 맞추어 세월을 보냈습니다.

그러다가 정년이 되니까 활동 무대도 줄어들고 일거리도 사라지고 말았습니다. 말하자면 사회 공간은 없어지고, 활동 영역이 가정 공간으로 축소된 셈입니다. 회갑 때 늙기 시작했는데 65세가 되니까 '나 자신도 이제는 늙었구나' 하는 생각에 사로잡히고 말았습니다.

그런데 요사이는 가정 공간에서도 점점 소외되는 느낌입니다. 가정이야 내 집인데 누가 뭐라고 하겠어요.

그러나 나도 모르게 느끼는 바가 있잖아요? 50대는 물론 60이 될 때까지는 어디 외출했다가 늦게 돌아오면 마누라가 따지곤 했지요. 어디 갔었느냐, 누구를 만났느냐, 또 어느 마담을 만나고 왔느냐고 말이죠. 그런데 60이 넘으니까 관심조차 없어지는 거예요. 내가 먼저 "여보, 나 왔어요"라고 말하면 "벌써 왔어요? 그렇게 갈 데가 없어요?"라고 하는 겁니다. 얼마나 갈 곳이 없으면 집으로만 찾아오는가 하는 눈치였다니까요.

얘기를 듣고 있던 내가 "왜 자주 밖으로 나오시지요" 라고 했더니 그는 또 말을 이었다.

그런 욕심이야 굴뚝같지요. 자금이 없어 못 나가는 거지요. 이제는 비자금도 다 떨어지고 그래서 헛소리만 털어놓지요. '지금도 밖에 나가면 옛날 여자 친구들이 다 반겨준다'고 말이지요. 그러나 진실을 대충 눈치채고 있을 마누라가 인정하겠어요? 그러고 있자니 며느리가 몰래 만 원짜리를 주면서 좀 돌아다니다 들어

오라는 거예요. 그래서 오늘도 외출한 겁니다. 나도 집에만 있으니까 다른 가족들 대하기가 어색하고…….

나도 모르는 동안 내가 설 가정 공간도 사라져가고 있는 겁니다.

그다음에야 어디 갈 곳이 있어요? 옛날 같으면 공동묘지인 마지막 집으로 숨어버리는 거지요.

듣고 있던 내 마음도 우울해졌다. 결국 산다는 것은 자신의 생활공간을 넓혀가다가 점점 그 주어진 공간에서 추방당하고 사회 공간에서 사라져가는 것이라는 생각이 들었다.

선배 교수의 고백에 비춰보면 나도 그렇다.

내 사회 공간은 비교적 넓은 편이었다. 1960년대에는 미국에 머물기도 했고 두 차례나 세계 일주도 했다. 세 딸이 미국에 살고 있기도 했고 교포들을 위한 강연회와 교회 설교를 위해 미국과 캐나다 등지를 자주 방문하곤 했다. 여름과 겨울방학에는 외국을 다녀오는 것이 연중행사였다. 개인적인 여행도 남달리 많이 한 셈이다. 지난번 호주에서 서울로 가는 비행기를 타려고 하자 대한항공 주재원이 찾아와 인사를 했다. "저희 비행기를 많이 이용해주어서 감사드린다"는 것이었다. 나도 모르고 있었는데 대한항공 탑승 횟수가 900번째였던 것이다. 물론 다른 비행기도 많이 이용했다. 그만큼 바쁘게 다녔고 사회 공간이 넓었다는 뜻이다.

그러나 1990년대 중반부터는 활동 공간이 좁아지기 시작했다. 늙으면서는 일의 요청도 줄어들었다. 갈 곳도 감소되었다. 좀 더 나이 드니까 나 자신이 긴 여행을 하기에는 부담스러워진다. "나이 많은 분이 혼자 투숙해도 괜찮으시겠어요?"라고 우려하는 호텔도 늘어났다.

활동 무대와 더불어 사회 공간이 국내 무대로 압축될 수밖에 없어진다. 지방에서 청탁을 받으면 강연회에 임하기도 하나 서울 시내에서 맡는 일이 대부분이 되었다.

정년퇴직 때부터 20년 동안은 남산에 있는 체육관에 다니기 시작했고, 하얏트를 비롯한 호텔 커피숍의 신세를 지기도 했다. 건강을 위해 가벼운 수영도 즐기고 커피숍에서 강연 내용이나 원고의 줄거리를 정리하는 시간을 갖기도 했다. 강남 쪽에서 강연을 끝내고 신촌에 있는 집까지 왔다가 또 다른 곳으로 가는 것보다는 시내 커피숍에서 휴식을 취하는 것이 시간 절약도 되고 피곤을 푸는 방법이기도 했다.

그런데 2~3년 전부터는 서울과 지방의 강연도 줄기 시작했다. 강연을 나가는 날보다 집에서 쉬는 시간이 많아지고 있다. 좀 더 지나면, 하루는 쉬고 하루는 노는 팔자로 바뀔지도 모른다. 그래서 최근 2~3년 전부터는 대중교통을 이용하기 시작했다. 생산적인 활동보다는 소비적인 시간이 많아지기 때문이다. 그런데 대중교통을 이용한다는 것도 쉬운 일이 아니다. 지하철은 공기가 나빠 머리가 아프고, 버스는 아무래도 불안하다. 적지 않은 노인이 부상을 당하기도 하며, 기사나 동승하는 승객들이 '노인네들은 집에나 있지' 하는 표정으로 쳐다보는 것 같아 민망하기도 하다.

그래서 금년 초여름부터는 남산에 있는 체육관을 중

단하고 집 가까운 곳으로 수영 장소를 옮길 예정이다. 수영이라야 200미터 정도를 즐길 뿐이지만 그래도 몇 해는 더 계속하고 싶은 욕심이다.

그런 생각을 굳히고 나니까 앞으로는 서울 도심지로 나가는 일도 적어지겠다 싶었다. 우리 집에서 연희동 일대와 신촌까지가 운동 반경이 될 것 같다. 볼일이 생기면 신촌 로터리까지 나가면 되고 마을버스를 이용하거나 걸어서 산책하는 정도가 내 삶의 공간으로 정해질 것이다.

2년 전부터는 애들이 대문에서 현관까지 올라가는 층층대와 1층에서 2층으로 오르내리는 계단 옆에 안전 손잡이를 만들어야 한다고 걱정하더니 기술자들을 불러 기어이 설치를 했다. 좀 더 지나면 손잡이를 잡고 현관 출입을 하며 거실과 2층 서재를 오르내리게 될 것이다.

그래도 감사한 것은, 심한 퇴행성관절염이나 부상 때문에 방 안에서만 세월을 보내는 친구들도 많은데, 하는 고마움이다. 물론 그런 것들이 남의 일만은 아니다. 나도 2층이 불편해지면 아래층으로 내려와 살아야 할 때가 올 것이다.

아래층 작은방에서는 내 모친이 작고했고 안방에서는 아내가 먼저 세상을 떠났다. 모친은 지팡이를 짚고 거실과 침실을 다녔으나 아내는 병중이어서 오랫동안 안방 밖으로 나오지 못했다. 휠체어를 타야 문턱을 넘어 거실까지 움직이곤 하다가 그것도 불가능해진 후 눈을 감았다.

나도 원하지는 않지만 그렇게 될 것이다. 그것이 주어진 운명이다. 그렇게 해서 내 생활공간이 끝나게 되는 것이다.

이렇게 본다면 선배 교수의 얘기는 누구에게나 운명적인 진실이다. 약간 우울한 이야기가 아닐 수 없다.

그러나 인간의 일생은 신체적 공간이 전부가 아니며 그것으로 끝나는 것도 아니다.

더 중요한 것은 정신적 의미가 차지하는 공간이다. 신체적 공간은 시간적으로도 제한되어 있으나 정신적 의미가 차지하는 장(場)은 제약을 받지 않는다. 질(質)이 양(量)의 차원을 넘어서 존재하는 까닭이다.

옛날 알렉산더대왕은 세계에서 가장 넓은 공간을 점령하고 지배했다. 그러나 그의 정신적 내용과 의미가 남긴 공간은 찾아보기 힘들다. 반면 대왕의 가정교사이기도 했던 아리스토텔레스의 신체적 공간은 비교가 안 될 정도로 협소했다. 대왕과 작별한 뒤에는 아테네의 서재와 제자들과 거닐었던 가로수가 우거진 숲길 정도가 그의 신체적 공간이었다. 큰 강의실이 있었던 것도 아니다. 그러나 그의 정신적 유산의 역사는 3000년 후의 오늘에까지 미치고 있으며 세계인들에게 철학적 진리를 전달해주고 있다.

세계에서 가장 좁은 신체적 공간을 소유했던 인물 중 하나는 철학자 칸트다. 그는 독일의 중소 도시 쾨니히스베르크(지금의 러시아 칼리닌그라드)에서 태어나 그곳에서 교육을 받고 고향 대학의 교수로 일생을 보냈다. 한 번도 고향 밖으로 나간 일이 없었던 것으로 알려지고 있다. 그는 규칙적인 산책을 제외하고는 대학

연구실과 강의실에서 평생을 보냈다. 정년 후에는 서재를 겸한 집과 산책로가 생활공간의 전부였다. 그러나 그가 남긴 철학적 업적은 인류의 소유로 확대되었다. 가장 좁은 공간에서 가장 넓은 삶의 영역을 개척한 셈이다.

이렇게 본다면 우리의 삶이란 공간의 크고 작음에서 결정되는 것이 아니다. 그 공간에서 무엇을 남겼는가가 문제다. 제약된 공간에서 무한의 의미를 남기면서 사는 것이 인생이라는 생각을 하게 된다.

황혼의 우정과 인생의 순리

1962년 초여름, 나는 오랜 친구인 안병욱 선생, 서울대 사학과 한우근 교수와 더불어 뉴욕에서 런던으로 가는 비행기를 탔다.

한 교수는 1년간 하버드 내의 옌친(동양철학의 현대화, 세계화를 위한 연구소)에서 연구 생활을 끝낸 뒤였고, 나와 안 선생은 미국 국무성 초청으로 한 해 동안 교환교수 신분으로 미국에 체류할 예정이었다.

한우근 교수와는 한 학기 동안 하버드대학에서 함께 시간을 보냈기 때문에 객지 생활의 외로운 정을 나눌 수 있어 흠 없는 친교를 가지게 되었다. 물론 안 교수와는 오래전부터 친분을 가졌을 뿐 아니라 한국을 떠날 때부터 동행한 처지이기도 했다.

그 당시만 해도 유럽 여행이나 세계 일주를 한다는 것은 쉬운 일이 아니었다. 다행히 미국에서 주는 여비와 체류비가 충분해서 경제적으로도 어려움 없이 긴 여행을 계획할 수 있었다.

우리 셋은 마치 학생 때 수학여행을 계획하듯이 긴 스케줄을 짜고 유럽 여러 나라의 대학, 문화 유적과 예술품들을 감상하였다. 저녁때 호텔에 돌아오면 나름대로 평가를 내리면서 역사·철학적인 견해를 전개해가곤 했다.

참으로 즐겁고 행복한 여행이었다. 영국, 독일, 프랑스, 스위스는 물론 로마와 이탈리아의 문화 유적은 우리를 황홀하게 만들었으며, 아테네와 카이로의 역사적 유산들은 우리의 식견을 한 차원 높이기에 충분했다.

긴 여행을 끝내고 서울로 돌아온 뒤에는 다시 자리를 함께하지 못했다. 서로가 바쁘기도 했고 한 선생은 연구 분야가 달라 셋이 함께 만날 기회가 없이 세월이 흘렀다. 생각해보면 50여 년의 세월이 지난 셈이다.

1997년 여름부터였다.

몇몇 친구를 통해 안 선생이 만성기관지염으로 고생한다는 소식을 전해 들었다. 생명과는 관계가 없으나 팔순이 가까운 나이에 긴 병과 싸워야 한다는 것은 쉬운 일이 아니다. 많은 강의와 강연을 해왔는데 병 때문에 그 일을 뜻대로 하지 못하거나 중단하게 된다면 개인적으로나 사회적으로 안타까운 일이 아닐 수 없었다.

2~3일 동안 서울대학교와 여러 경로를 밟아 한우근 교수의 주소와 전화번호를 알아냈다. 옛날이야기도 나누고 안 선생이 마음의 부담을 안고 있는 것도 풀어줄 겸, 셋이서 만날 기회를 만들었다. 안 선생이 워커힐 부근 아파트에 거주하고 있어서 장소를 워커힐 호텔 커피숍으로 정했다. 1997년 늦가을이니, 35년만의 해후가 이루어진 셈이다.

우리는 40대로 돌아간 것 같았다. 이야기는 꼬리를

물고 그칠 줄을 몰랐다. 호텔 커피숍에서 바라보는 한강의 풍치는 대동강과 흡사한 데가 있다. 우리 셋 모두 중고등학교를 평양에서 보냈기 때문에 약속했던 두 시간이 어떻게 지나갔는지 모를 정도로 만남에 취해 있었다. 그래서 1년에 네 차례, 계절이 바뀔 때마다 만나기로 약속을 했다. 세 사람 모두 IMF 이후에는 시간의 여유도 생겼기 때문에 3개월이 짧게 느껴질 정도였다.

옆에서 우리의 이야기를 듣는 이가 있었다면 이상할 정도가 아니라 놀라울 정도로 이야기의 내용이 흘러가곤 했다. 80대 노인들이 아니라 40대의 여행객들이 나누는 얘기들이었으니까……. 안 선생은 앞뒤를 다 둘러본 뒤에 "누구 듣는 이 없지?" 하고 확인한 후에야 얘기를 꺼내곤 했다. 듣는 우리는 호기심으로 경청하고 또 웃어대곤 했다.

호텔의 한 직원이 웃으며 말을 걸었다.

"세 분 선생님들이 마주 앉아 이야기를 하다가 웃는 것을 보고 있자니, 마치 중고등학교 학생들 같습니다. 무슨 재미있는 이야기가 그렇게 많으세요?"

나중에는 호텔 직원들이 우리에게 자리를 안내해주고는 "○○ 선생님이 먼저 오셨다가 화장실에 가셨습니다"라고 알려줄 정도였다. '노인네들이 저렇게 즐거울까……' 하고 신기해하는 표정도 보였다.

즐거운 모임은 3년 가까이 계속되었다. 부인들도 후원을 해주며 좋아할 정도였다. 우리는 그 모임이 오래오래 계속될 것으로 생각했다. 그러는 동안에 안 선생의 건강도 점점 좋아지고 있었다.

마지막 모임은 1999년 9월 7일(언제나 그러했듯이 그날도 월요일)이었다. 우리는 헤어지면서 "다음번은 20세기 마지막 모임입니다. 그다음에는 새천년이 시작되겠고요!"라면서 좋아했다.

한우근 교수는 돌아오는 차 안에서 한국역사학회의 초창기 상황을 후배들에게 보고하는 내용을 준비하고 있다고 얘기했다. 이렇게 만나곤 하니까 40대로 다시 돌아간 것 같아 살 재미와 용기가 생긴다면서 다음을 약속하고 헤어졌다.

그분 특유의 어색한 웃음을 지으면서 오른손을 약간

흔들어 보였고 나는 차 안에서 돌아서는 선생에게 "12월에 만납시다" 하고 가볍게 인사를 했다. 항상 하던 그대로였다.

그러나 하늘은 우리 철없는 늙은이들의 뜻을 그대로 받아들이지 않았다. 그달(9월) 29일 아침 신문을 넘기다가 한 선생의 사진을 보았다. 원로 국사학자의 부고였다. 나는 깜짝 놀라 안 선생에게 전화를 걸었다. 아침 산책에서 돌아온 안 선생도 말을 잃고 있었다. 우리는 속으로 '2000년이나 넘기고 가시지'라고 생각했다.

이렇게 해서 우리의 모임은 끝이 났다. 나와 안 선생은 더 모일 용기를 잃었다. 한 교수에 대한 생각을 떨칠 수가 없었기 때문이다.

그러는 동안에 해가 바뀌고, 21세기와 새천년을 맞는 행사가 우리의 정신적 환경을 정화해주었다. 모든 면에서 새로운 출발이 요청되는 것 같기도 했다.

나는 셋이서 만나던 일은 끝났으나 또 어떤 모임이 있으면 좋겠다는 생각을 하게 되었다. 한 교수는 갔지만 남아 있는 이들에게는 새로운 생활의 자극이 필요할 것 같았다.

그렇게 생각하자 곧 떠오르는 친구가 있었다. 서울대학교 철학과의 김태길 교수다.

주변에서는 우리를 철학계의 삼총사라고 부른다. 나이, 전공 분야, 활동 영역이 비슷했기 때문이다. 김태길 교수는 좀 더 학문적인 분야에 집념했고, 안병욱 교수는 폭넓은 사회 활동에서 두각을 나타내고 있었으나 다 같은 운동장에서 뛰는 선수들이었다.

셋이 다시 모이면 어떨까 싶은 생각을 갖고 있었는데, 다른 일로 전화를 나누던 안 선생이 먼저 말을 꺼냈다. 셋이라는 숫자가 그렇게 큰 의미를 갖는 줄은 몰랐다면서, 가신 분은 가셨지만 또 새로운 셋을 생각해 보았는데 김태길 교수가 어떻겠느냐는 의견이었다. 나도 그런 생각을 하고 있던 참이라고 말했더니, 누가 보든지 이번의 셋은 자연스럽고도 발전적인 의미를 가질 것 같다는 설명을 추가해왔다. 좀 더 사상적이고 학문적인 얘기를 나눌 수 있을 것 같은 기대감도 있었다. 얼굴을 맞대고 이야기를 나눈다는 것은 강연을 듣거나 책을 읽는 것과는 다른 의미를 갖고 있기 때문이다.

김태길 선생에게 전화를 거는 것은 내가 맡기로 했다. 새천년 구정쯤이었다. 나는 그간의 얘기를 알려주고 안 선생의 뜻도 전달하면서 자주 시간을 내기는 어렵겠지만 셋이 만나는 기회를 가지면 어떻겠느냐고 물었다. 긍정적인 대답을 기대하면서……. 내 얘기를 다 들은 김 교수는 한참 생각에 잠기는 듯싶더니 입을 열었다.

"다 좋은데…… 이런 생각도 해보셨어요? 우리 셋이 이미 팔순을 넘겼는데 언제 어떻게 자연의 순리에 따라 누가 먼저 가게 될지 모르잖아요. 욕심을 낸다고 뜻대로 되는 것도 아니고 만일 누가 먼저 갔다고 생각해보세요. 그때의 허전함과 외로움을 어떻게 이겨낼 수 있겠어요? 차라리 지금처럼 떨어져 지내다가 누가 갔다는 소식을 들으면 그래도 크게 흔들리거나 허무하게 허덕이는 일은 적을 것 같은데……. 이제 다시 깊은 정을 쌓았다가 다가오는 사태를 어떻게 견디려고 그러세요."

전화기를 통해 들려오는 김 교수의 목소리는 잔잔히 가라앉아 있었다.

"그건 그렇겠네요."

나는 대답했다. 그리고 생각이 바뀌면 전화를 달라고 말하고는 통화를 끝냈다. 생각해보면 한우근 교수를 보낸 뒤의 허전함과 적막감을 견디기 어려웠던 마음의 짐을 또 자청할 필요가 없을 것 같기도 했다.

며칠 후에 안 선생에게 그 뜻을 전달했더니 안 선생도 "정말 그렇구나. 거기까지는 생각 못 했는데……"라면서 말끝을 흐렸다. 늙으면 너무 깊은 정에 빠질 필요가 없다던 김 교수의 생각도 음미해보았을 것 같았다. 그 목소리가 너무 잔잔했다. 사람은 곱게 조용히 가는 것이 지혜롭다는 생각을 우리 모두 공감했던 것이다.

이런 대화로 끝난 뒤 반년이 지났다. 김태길 교수로부터는 아직 전화가 없다. 안 교수도 두세 번 만났으나 그 얘기는 꺼내지 않았다. "인생은 허무한 것, 정일랑 두지 말자"라는 가사가 사무쳐온 것인지도 모르겠다.

바로 얼마 전이다. 내 큰딸이 왔을 때, 그런 지난 얘기를 하다가 이러지도 저러지도 못하고 있다고 말했더니 내 딸애도 이렇게 말했다.

"아버지, 앞장서지는 마세요. 먼저 가는 사람은 다른 분들에게 죄송할 것 아니겠어요?"

그럴 것 같다고 생각하며 딸의 얼굴을 보았더니 웃고 있으면서도 눈물을 흘리고 있었다. 다른 사람이 아닌 아버지의 처지를 생각하고 있었던 것 같다.

나는 공연한 이야기를 했다고 생각하면서 2층 내 방으로 올라왔다. 켜놓고 내려갔던 라디오에서 멘델스존의 바이올린 연주가 흘러나오고 있었다. 학창 시절 즐겨 들었던 곡이다. 그때도 나는 혼자 중얼거렸었다.

"모든 아름다운 것은 고독과 허무를 연상케 하노라."

나의 건강 비결

나는 무척 병약한 체질로 태어났다. 가족들은 내가 다른 사람들처럼 건강하게 살지 못할 것으로 여겼다. 모친은 내가 있는 자리에서조차 "네가 스무 살까지만 살아도 좋겠다"라고 말하곤 했다.

그러나 그 병마와 싸워 이겼다. 열네 살 이후에는 일찍 죽지는 않을 것이라는 희망을 갖게 되었고, 중고등학교를 마쳤을 즈음에는 노력만 하면 건강히 일할 수 있다는 자신감을 갖게 되었다. 지금은 같은 연배의 친구들과 비교해보면 더 많은 일을 하고 있는 셈이다.

고마운 것은 지금까지 병원에 입원도 해본 바 없으며 수술을 받은 경험도 없다는 점이다. 병 때문에 맡은 일을 중단하거나 포기해본 적도 별로 없다. 감사하고 또 감사할 따름이다.

서른을 넘기면서부터는 나도 건강히 일할 수 있다는 자신이 생겼고, 쉰을 넘기면서부터는 다른 사람 못지않은 건강을 유지할 수 있었다. 일흔이 되면서부터는 오히려 남들보다 건강하다는 평을 받기에 이르렀다.

특별한 비결이 있는 것은 아니다. 주어진 일을 위해서는 건강해야 한다는 의무감 비슷한 의지를 갖고 살았을 뿐이다. '하나님께서 제 생명을 지켜주시고 건강을 주시면 주께서 맡겨주신 일을 열심히 하겠습니다'라는 어렸을 적 신앙의 약속에서 비롯된 의지였다. 지금도 나는 건강을 위한 건강보다는 일을 하기 위한 건강을 바라고 있다.

술과 담배가 건강에 좋을 리 없기 때문에 멀리한 것이 노년기의 건강에 큰 도움이 되었다. 약한 사람들에게는 주어진 장점이 있다. 무리를 하지 않는다는 것이다. 한평생 많은 일을 했다. 100의 일을 할 수 있어도 언제나 90까지의 책임을 맡곤 했다. 그래야 120까지의 일을 하게 된다. 처음부터 120을 맡으면 100도 못 하는 법이다.

요사이는 건강을 위한 충고들이 어디서나 들려온다. 그 첫째가 바로 운동이다. 그러나 불행하게도 나는 오십이 될 때까지 운동을 즐기지 못했다. 너무 바쁘게 살았던 까닭이다. 친구들이 다 즐기는 낚시, 골프, 등산 같은 것은 생각조차 못 했다. 일 때문에 그렇게 긴 시간을 할애할 수가 없었다.

쉰이 넘으면서 대학의 친구들과 축구를 시작했다. 상당히 과격한 운동이었으나 평양에서 축구와 더불어 청소년기를 보냈기 때문에 몇 해 동안 즐기는 데 무리가 없었다. 그러나 체력의 한계를 느꼈고, 아이들의 권고에 따라 얼마 동안은 정구를 했다. 그런데 정구는 짝이 있어야 한다. 정해진 시간을 지키지 않으면 안 된다. 그래서 정년퇴직 조금 전부터 혼자서 아무 때나 즐길 수 있는 운동을 찾기에 이르렀다.

수영이었다. 수영은 전신운동이고 수영장만 있으면 언제나 할 수 있어 좋았다. 그러나 무리하지는 않았다. 100을 할 수 있어도 90쯤으로 끝내야 다음 날 다시 하고 싶어지는 법이다. 수영을 시작한 지 30년이 넘었다. 거의 매일 조금씩 즐긴다. 외국에 나갈 때는 수영을 할 수 있는 호텔을 부탁할 정도였다.

수영을 할 때 최고의 어려움은 피부 문제였다. 그래서 피부 관리에 무척 마음을 썼다. 그리고 무리하지 않기 위해 내가 하고 싶은, 또 할 수 있는 방법을 고안해 내기도 했다. 30여 년을 빠짐없이 건강을 위한다는 강박관념 없이 즐겼더니 건강에도 무척 도움이 되었다. 가까운 곳에 수영장이 있다면 몇 해 더 계속하고 싶다.

더 나이가 들면 걷기 운동이 좋다. 건강을 위해 운동을 하고 운동을 위해 걷는다는 생각보다는, 산길이 좋으니 걷는다는 마음으로 걷는 게 좋다. 걷는 것이 습관이 되면 걷고 있다는 것도 못 느낄 만큼 즐거운 시간을 가질 수 있다.

그래도 신체는 늙어가기 마련이다. "70대에는 해마

다 늙더니, 80이 되니까 달마다 늙는 것 같았는데, 90이 넘으니까 날마다 늙는 것 같다"던 어느 선배의 말이 생각난다. 늙는 것을 어떻게 막을 수 있겠는가. 그러나 60을 넘기면서부터는 정서적 안정과 정신 건강을 유지하며 체력을 높여가는 것이 좋다.

육체는 늙어도 정서적 노쇠는 쉬 찾아오지 않는다. 그리고 정신 건강, 즉 사고력은 더 오래 지속되는 것이 사실이다.

"몸은 늙어도 감정은 옛날과 같다"라는 말을 자주 듣는다. 그러나 감정보다 더 오래 지속되는 것은 사고력인 것 같다. 그래서 나이 들수록 정서적 젊음과 정신 건강에 관심을 쏟아야 한다. 젊었을 때는 "건강한 신체에 건강한 정신이 깃든다"라는 말이 적절하다. 그러나 늙으면 건강한 정신력이 신체 건강을 유지한다는 뜻으로 받아들일 수 있겠다.

그런 점들을 따져보자니, 나는 건강에 성공한 편이라는 생각이 든다.

가능하다면 인생을 긍정적으로 보며
희망과 낙관적 자세를 갖고 살 일이다.
부정적인 사고가 계속되면 절망에 빠지게 되지만
긍정적 자세로 살게 되면 희망을 만들어가게 되어 있다.

건강은 만들어가는 것이다

건강을 잃으면 모든 것을 잃는다. 건강은 생명과 연관되어 있기 때문이다.

이렇게 소중한 건강의 1차적 책임을 맡은 사람은 의사다. 그래서 우리는 인술(仁術)을 베푸는 의사들에게 감사의 뜻을 가진다. 그러나 건강에 대한 2차적 책임은 우리 모두에게 있다. 먼저 병을 앓아본 사람이 의사가 된다는 말이 있다.

예컨대 나 같은 사람이 정신 건강을 말하는 것은 용납될 수 있을 것 같다. 그리고 40세가 넘으면서 정신 건강이 신체 건강에 큰 영향과 도움을 준다는 것은 누구나 인정한다.

병의 개념도 그렇다. 옛날에는 약을 주거나 수술을 하는 의사가 병을 치료했다. 그러나 S. 프로이트 이후에는 정신적인 병, 흔히 말하는 스트레스가 제2의 병으로 등장하기 시작했다. 참다운 병의 치료는 신체적인 요소와 정신적인 것의 합작품임을 누구도 부정하지 않는다.

여기에 나 같은 사람이 건강으로 가는 한두 가지 제언을 해보는 것은 좁은 의미의 경험담 비슷한 것이다. 내 모친은 100세가 넘어 세상을 뜨셨다. 그러나 나는 지극히 건강이 나쁜 유소년기를 보냈다. 신체 건강에 있어서는 열등생이었다. 그런데 지금은 누구보다도 건강하게 일하는 편에 속하고 100세의 나이를 넘기고 있다. 이런 과거와 경험에서 몇 가지 얘기를 해보고 싶다.

나는 건강의 기본적인 책임은 자기 자신에게 있다고 생각한다. 지나친 관심도 좋지는 않지만 지나친 무관심도 옳지 못하다. 의사를 비롯한 주변 사람들의 조언과 도움을 받으면서도 자기 건강은 항상 자신이 관리해야 한다.

그 가장 중요한 한 가지는 건강에 해로운 습관이나 행동을 삼가는 일이다.

최근 많이 언급되고 있는 담배 또는 마약류가 그렇다. 마약류는 법으로도 제재하고 있을 만큼 몸에 해롭다. 만일 그 실상을 알게 된다면 그 자체가 죄악이다. 나는 잘 아는 성직자 한 사람이 마약중독자인 것을 보고 놀란 일이 있으며, 사회적으로 널리 알려진 지도자의 유능한 외아들이 중독자가 되어 벗어날 수 없는 파국의 늪에서 허덕이는 것을 보았다. 그 해독에서 청소년들을 보호할 책임과 의무가 얼마나 큰지는 아무리 강조해도 부족함이 없다.

담배도 어려운 문제다. 내가 하루에 한두 잔씩의 커피를 즐기면서 다른 사람의 기호품을 막아야 한다고 말할 자격은 없다. 그러나 적절한 양의 술은 좋을 수 있지만 담배는 끊는 것이 좋다. 담배를 즐기던 의사들도 40세가 넘으면 모두 금연에 들어간다. 그 영향을 잘 알기 때문이다.

나는 담배를 즐기던 친구들이 폐암으로 한창 일할 나이에 죽는 것을 여러 번 보았다. 담배를 즐기던 친구들이 비교적 일찍 귀가 멀어지는 경우도 자주 발견하곤 한다.

젊었을 때는 모르지만 나이 들면 돌이킬 수 없는 후회를 하게 된다. 나는 평생 술, 담배를 모르고 살았다. 지금은 그것을 고맙게 생각하고 있다. 알면서 건강을 해치는 것은 생명과 인생을 가볍게 여기는 잘못을 저지르는 일이다.

건강을 위한 좋지 못한 습관 중의 하나는 체력이나 정신력을 무리할 정도로 혹사하는 일이다.

내 제자 한 사람은 결혼을 한 뒤 독일로 유학을 가게 되어 있었다. 그런데 어느 날 친구들과 바닷가에 나가 술을 마신 뒤 물에 뛰어들었다가 심장마비로 죽어 온 가족을 슬픔에 빠뜨렸다. 나는 그 장례식에서 내 제자가 나같이 약한 체질로 태어났다면 그런 비극은 없었을 것이라고 생각했다. 결코 무리한 일은 하지 않았을 것이기 때문이다.

이런 실수는 어른들도 저지른다. 대개의 경우 자기 건강을 과신하기 때문이다. 자기가 갖고 있는 건강의 한계 안에서 일을 수행하는 습관을 지닌 사람이 병을 앓지 않고 많은 일을 하며 건강을 유지할 수 있다.

내 친구 교수 한 사람은 중학교 2학년 때 폐를 심하게 앓았다. 가정의 재력이 없었다면 살아남기 어려웠을 정도였다. 그래서 운동도 해본 일이 없었다. 가벼운 산책이 고작이었다. 그러나 꾸준히 조절해나갔기 때문에 지금은 많은 업적을 남겼고 70대 후반의 고령에도 나름대로 건강을 유지하고 있다. 그 친구의 말을 빌리면, 중학교 때 병원에서 나온 뒤로는 병원 신세를 진 바가 없다는 것이다.

운동선수들이 나이 들어 정상인보다 건강을 유지하기 힘든 것은 신체적인 과로 때문일 것이다. 그리고 체력에만 치중했기 때문에 정신 수양과 체력의 균형을 상실한 경우도 있다.

긴 안목에서 본다면 신체 건강과 정신 건강을 균형 있게 유지하는 것이 좋다. 건강한 정신은 건강한 신체에 머문다는 말은 옳다. 그러나 40세가 지나고 중년기로 접어들 때부터는 강한 정신력을 가진 사람이 신체 건강도 유지하게 된다. 40세가 될 때까지 신체 건강은 별로 타격을 받지 않으나 나이 들면 정신적 타격이 신체에 미치는 영향이 대단히 크다. 때로는 치명적일 수도 있다.

사업에 실패했을 때, 사랑하는 가족이 타계했을 때, 사회적으로 심한 충격을 받았을 경우 그 역경과 비극을 극복할 만한 정신력을 갖추지 못한다면 스스로의 건강을 버티어나가지 못한다. 차라리 죽고 싶다는 표현이 진실일 것이다.

우리는 그런 상황에서 스스로를 지키며 이겨낼 수 있는 건강을 정서적인 건강 또는 정신력의 건강이라고 말한다. 그리고 그것은 장년기 이후에는 더욱 중요하다. 그런 경우 그 정신적 무기력 상태에서 벗어날 수 있는 사람은 강한 정신력을 갖춘 이들이다. 종교적 신앙도 그 뒷받침을 할 수 있으며, 불굴의 사명 의식도 그런 역경을 이겨내는 데 도움이 된다. 그러나 평소부터 정서적인 건강과 강인한 정신력의 소유자가 되어야 장년기 이후의 건강을 유지할 수 있다는 사실을 인지해야 한다. 그리고 그것은 평소부터 지녀온 인생관과 가치관과도 관련이 있다. 옛날 사람들은 공수래공수거(空手來空手去)의 삶을 말하기도 했다. 정신 건강을 위해서는 과도한 욕심을 부리지 말며 분에 넘치는 욕망을 품지 말라는 뜻이다. 나이 들수록 마음을 비우는 사람이 건강하며 그 정신적 건전성이 신체적 건강도 유지해준다는 뜻이다. 60세를 넘어보라. 강한 정신력이 신체 건강을 유지해준다는 사실을 잘 깨닫게 된다.

건강으로 가는 또 하나의 길은 일을 하는 것이다. 일을 사랑하는 사람이 건강도 유지할 수 있다. 장년기는 말할 것도 없고 노년기에는 더욱 일이 중요하다.

일은 우리의 삶을 증대시켜주며, 일을 통해 앞으로

나아가는 사람은 정신 및 신체 건강을 계속 유지하게 된다. 일을 안 하는 사람보다는 일을 하는 사람이 건강하지만, 과로는 더 많은 일을 할 수 있는 가능성을 빼앗기 때문에 피해야 한다.

동물들에게는 과음, 과식, 과욕이 없다. 맹수들도 배가 부를 때는 먹이가 코앞에 와도 먹지 않는다. 번식을 위해 짝짓기를 하는 때도 무리한 짓은 하지 않는다. 그러나 인간은 정신적 욕망이 강하기 때문에 언제나 과욕을 부린다. 거기에는 욕심이 깔려 있으므로 돈 때문에 일하거나, 명예욕 때문에 분수를 잃거나, 노년기에 감당할 수 없는 직책을 맡기도 한다.

그런 분에 넘는 욕망은 일을 위하는 자세가 아니라 사사로운 욕심이다. 좋게 말했을 때는 성취 욕망이지만, 분에 넘치는 경우는 건강에 도움이 되지 못한다. 100의 능력이 있는 사람은 90의 일에서 최선을 다하면 100 또는 그 이상의 일을 할 수 있으나 120의 일을 맡게 되면 90의 일도 하지 못하고 건강을 해치는 경우가 있다.

그러나 분에 맞는 일을 하는 것은 노년기 건강에도 큰 도움이 된다. 일이 없는 사람보다는 일을 하는 노인들이 건강하며 오래 살게 되어 있다.

일에는 두 가지가 있다. 정신적인 일과 신체적인 일이다. 이 둘은 균형 잡힐수록 좋다. 대부분의 농어민들은 신체적 노동의 빈자리를 정신적인 일거리로 채워 건강과 인간적 성장을 꾀하고, 정신적인 노동에 종사하는 사람들은 나머지 시간을 육체적인 일에 할당하는 것이 이상적이다.

도시 사람들은 육체적인 일이 없기 때문에 신체적 운동으로 보충한다. 체육관이나 헬스클럽 같은 시설이 많이 생기면서 그곳에 나가는 사람들은 운동을 많이 할수록 더 건강해지는 것으로 잘못 생각하는 경향이 있다. 낚시, 골프, 등산 등도 그렇다. 그러나 100의 건강을 위해서는 90의 운동이 필요하다. 지나친 운동과 건강에 대한 욕심 때문에 건강에 피해를 줄 정도로 운동할 필요는 없다. 나이 든 사람이 운동의 양을 자랑하는 것은 어리석은 일이다.

나 같은 사람은 항상 바쁘게 지내므로 언제나 혼자서 할 수 있는 수영을 즐기고 있다. 60세가 넘으면서 시작했으니까 30년 이상을 계속했다. 그러나 절대로 무리는 하지 않는다. 내 식으로 힘들지 않게 즐기면 된다. 앞으로 얼마나 더 계속할지 모르지만 좀 더 나이가 들게 되면 산책으로 바뀔 것 같다. 나는 산책이 가장 좋은 운동이라고 생각한다. 젊어서는 조깅을 하고, 60세 이후에는 많이 걷고, 더 노령기에 이르면 천천히 적당히 걷는 것이 건강에 가장 좋다고 생각한다.

독일에서는 국민 건강을 위해 자전거와 수영을 권하는 모양이다. 늙으면 하반신의 체력이 달리기 때문에 하체 운동이 필요할 것 같다. 나는 기계를 이용하는 운동은 하지 않는다. 자연스럽지 못하기 때문이다. 운동선수가 되고 싶은 젊은 사람이라면 모르겠으나 장년기 이후에는 신체적인 노동 대신 자연스럽고 적절한 운동이 건강에 도움이 된다. 그리고 60세를 넘기면 의도적으로 일과 건강의 조화를 택하는 것이 좋다.

건강과 음식은 필수 관계라고 한다. 나는 그런 지식을 전문가로부터 듣는다. 한두 가지 확실한 것은 편식과 과식을 피하는 일이다. 편식은 영양부족을 가져오고 과식은 소식보다 피해를 준다는 것은 잘 알려져 있다. 어떤 이들은 지나치게 채식을 주장하고 어떤 음식은 해롭다고 말하지만, 음식을 섭취해보면 자연스럽게 해결되는 문제로 생각한다. 체질에 따라 다르겠으나 늙어서는 육식보다 채식을 택하게 되며 먹고 싶은 음식이 몸에 도움이 된다는 것을 알게 되어 있다. 지나친 관심이 오히려 좋지 않은 것 같다.

나는 보약은 별로 찬성하지 않으며 약은 될 수 있는 대로 먹지 않는 편이다. 보약은 병을 앓고 난 후에 약간 필요하다든지 늙어서 조금씩 먹는 것은 도움이 되겠지만 보신을 위한 보약은 좋아 보이지 않는다. 여성들이 지나치게 화장을 많이 하면 노년기가 되어서 갑자기 피부가 노쇠하듯이 불필요한 보약은 늙을수록 체력이나 체질을 약화시키는 것이라고 생각한다.

나는 내 주변에서 건강하게 일하는 사람들 대부분이

보약을 멀리하는 것을 본다. 보약의 필요조차 느끼지 않는 것 같다. 옛날 우리나라에서 보약을 가장 많이 먹는 사람은 임금이나 왕족들이었다. 그들의 평균수명이 낮은 것은 보약 때문일지 모른다.

좋은 내과의사는 필요한 때에만 투약을 한다. 그리고 주사는 가급적 피한다. 건강을 위해서는 자생력이 제일이고 자생력을 돕는 데 약이 필요하며 이미 때를 놓쳤을 때 주사가 필요한 것 같다.

내 모친은 97세 때 대퇴골 수술을 받게 되었다. 모두가 생명이 위험할 것 같다고 걱정했다. 그런데 장년기 환자 못지않게 빨리 회복되었다. 과거에 약을 먹은 일이 없었기 때문에 항생제 약효가 크게 작용했던 것 같다. 꼭 필요하지 않은 약은 삼가는 것이 좋다.

사람들은 성생활과 건강에 관해서 여러 가지 생각들을 갖고 있다. 성생활의 횟수가 적으면 적을수록 건강에 좋다는 이들도 있고 오히려 적절한 성생활이 건강에 도움이 된다고도 말한다.

모두 일리가 있는 체험담일 것이다. 그러나 최근에

는 적절한 성생활은 건강에도 도움이 되고 정신 및 인간적 능력에도 보탬이 된다고 보는 것 같다.

그 대신 난잡한 성행위나 지나친 쾌락 추구에 빠지는 성생활은 인간성 및 인격적 위상에서 멀어지는 것이 사실이다. 간혹 그런 습관이나 사고에 빠진 사람들을 보면 인간적으로 추해지며 건강도 정상적이지 못한 경우가 많다. 말하자면 알코올중독에 빠진 것같이 성충동에 매달려 사는 사람들이다. 그런 사람들이 사회적으로는 지탄의 대상이 되기 쉽다. 지나친 무관심도 좋지 않으나 지나친 관심도 바람직하지 못하다.

가능하다면 인생을 긍정적으로 보며 희망과 낙관적 자세를 갖고 살 일이다. 같은 인생의 길을 걸으면서 어둡고 그늘진 면만 보는 이가 있고 밝고 희망적인 쪽을 보는 이가 있다. 소극적인 사고보다는 적극적인 의지를 가지며, 비관적인 인생관보다는 낙천적인 사고방식을 가지는 이가 정신적으로 건강하며, 그 정신적 건강이 신체적인 건강에도 도움이 된다. 부정적인 사고가 계속되면 절망에 빠지게 되지만 긍정적인 자세로 살게 되면 희망을 만들어가게 되어 있다.

한마디로 말하면 즐거운 마음과 강한 정신력을 갖춘 사람이 인간적으로 건강하며 그 인간적 건강이 육체적인 건강도 보충해준다. 물론 노력 없이 되는 것은 아니다. 그러나 평소부터 그런 신념과 자세를 갖고 살 수 있다면 무엇보다도 다행스러운 일이다.

진정한 의미의 종교적 신앙을 가진 사람들이 정신적으로 건강한 것은 역경에 처했을 때에도 믿는 바가 있으며 절대자가 내 편에 나와 함께 있다는 믿음 때문이다.

내가 40대 초반에 미국에 갔을 때였다. 낯선 외국 나들이였고 모든 것이 생소하게 느껴지던 때였다.

고층 건물의 기숙사 방, 하루에도 몇 번씩 승강기로 오르내리는 일, 낯선 외국인들의 언어와 풍습, 자동차의 소음들, 외로운 분위기 등이 작용했던 것 같다. 잠이 잘 오지 않고 소화의 불편을 느꼈다.

어느 날 내과의사를 찾았다. 시카고대학의 저명한 의사였다. 여러 가지를 묻더니 여기를 떠나 하버드대학으로 가게 되면 어떤 변화를 원하느냐고 물었다. 나는 제일 먼저 단층 주택에 머물고 싶다고 말했다.

마침내 의사가 내린 진단은 갑작스럽게 변한 환경 때문에 온 스트레스, 가벼운 노이로제 증상이라는 것이었다. 나도 곧 수긍할 수 있었다. 그 후에 안 일이지만 내가 아는 교수는 학업이 마음대로 안 되어 심한 우울증에 걸려 부인이 가서 데려온 일도 있었고, 하버드 대학에 머물던 한 교수는 자살을 하기도 했다. 심한 노이로제의 결과였던 것이다.

장년기를 넘기면서 가장 문제가 되는 것은 성인병의 증상이다. 그리고 그즈음부터 찾아드는 스트레스는 현대인들의 건강을 크게 위협한다. 최근에는 성인병의 징후가 심지어는 청소년기에도 나타난다고 한다.

성인병으로 문제 삼는 것은 당뇨, 고혈압과 더불어 비만증이다. 이런 것들은 병원보다도 스스로가 의사가 되어야 하는 것 같다. 비만증을 포함한 성인병은 30대

후반부터 장기간에 걸쳐 체질이나 체력을 조절한다면 큰 성과를 거둘 수 있다고 한다.

그 방법은 제각기 다르다. 그러나 달리기를 20년 동안 계속했다든지, 약효가 있는 음식물을 10여 년 복용했다는 사람들의 얘기를 들으면 성인병은 4~5년의 문제가 아니라 15년 내지 20년에 걸친 관심과 노력이 필요한 것 같다. 그렇게 정상으로 돌아올 수 있다면 좋지 않겠는가.

세계에서 가장 장수하는 지역은 훈자 지역으로 알려져 있다. 그곳 사람들은 세 가지 특징을 갖고 있다고 보도된다. 온 국민이 어려서부터 신체 노동을 하는 것, 화학성 음식물을 섭취하지 않는 것, 낙천적인 성격이 바로 그것이다. 주목해야 할 점은 이 지역에는 우리가 말하는 성인병이 아주 적다는 사실이다. 역시 병은 우리가 만드는 것 같다.

건강을 위해서는 어느 정도의 휴식과 수면이 필요한가를 따지기도 한다. 나는 휴식을 위한 휴식보다는 일을 하기 위한 휴식이 필요하다고 생각한다. 한 가지 일에 장시간 집착하기보다는 일을 바꾸어가면서 하면 긴 휴식이 필요 없을지 모른다. 성서에서는 6일간 일을 하고 하루를 쉬라고 가르치며 수면은 휴식 중의 휴식이라고 되어 있다. 숙면할 수 있다는 것은 안식의 축복이다. 잠을 못 이루는 사람은 누구나 인정하는 일이다.

내 경험으로는 피곤을 풀기 위한 짧은 휴식과 길지 않은 숙면이 가장 좋다고 본다. 그리고 그것을 습관화하는 것이 좋다.

너무 규칙적인 삶에 얽매일 필요도 없지만 산다는 것은 일을 하기 위한 것이며, 많은 일을 위한 적절한 휴식과 숙면은 그 자체가 건강과 축복의 길인 것이다.

이렇게 보면 최선의 건강은 최고의 수양과 인격의 산물이라고 볼 수도 있겠다. 건강은 주어지는 것보다는 만들어가는 것이라는 생각이 중요하다.

삶은 죽음으로 가는 것이 아니라 완성으로 가는 것이다.

죽음은 모든 것을 빼앗아 가는 것이 아니라

우리의 삶을 완결 지어 남게 하는 것이다.

그 완결된 것을 죽음 뒤에 남겨주는 것이다.

불가에서는 인생을 생(生)·노(老)·병(病)·사(死)의 과정이라고 보았다.

태어나기 전의 삶은 누구도 모른다. 내가 있지도 않았기 때문이다. 죽은 뒤의 인생도 우리가 관여할 바 못 된다. 이미 존재하지 않기 때문이다.

태어나서 죽을 때까지의 삶이 우리의 것이다. 그 전과 후를 묻는 것은 우리의 과제가 못 된다.

그러나 따져보면 태어나서 얼마 동안은 신체적 삶은 있으나 삶에 대한 자각이 없기 때문에 아직 나의 삶이라고 보기 어렵다. 신체적 삶과 정신적 삶이 공존했을 때부터가 진정한 삶이다. 정신병 환자나 치매 환자가 완전한 삶으로 인정을 받지 못하는 것은 정신적 기능이 불완전하기 때문이다.

또 인간이 태어날 때는 어떤 의지나 목적이 있어 태어난 것이 아니다. 철학자들 중에는 인간을 우연히 던져진 존재라고 말하기도 한다. 그러나 그 우연히 던져진 존재가 삶의 자각, 즉 자의식을 갖게 되면 우연이 필연으로 바뀌며 타의에 의한 존재가 아니라 존재의 중심으로 바뀐다. 세계 안에 던져진 존재가 세계의 중심점이 되어 삶을 이어가게 되는 것이다. 삶에 대한 무한의 애착과 절대적인 의미를 창출하면서 생을 연장해 간다.

인생의 과정은 늙고 병들어 죽는 것이지만 그 과정을 신체적인 면에서만 본다면 일률적이면서 필연적인 것이다. 그러나 그 삶의 정신적 과정과 내용을 살피면 같은 바도 없으며 주어진 필연성에 따르지도 않는다. 모두가 각각의 삶을 창출해내도록 되어 있다.

그럼에도 불구하고 이 모든 삶의 사실과 의미가 나의 죽음과 더불어 끝난다는 것은 어떻게 할 수가 없다. 죽음은 나의 온갖 삶을 끝내며, 있던 것이 없는 것으로 바뀌는 것이 사실이다. 나의 죽음을 우리의 죽음으로 확대시킨다면 우리의 삶은 죽음으로 우리에게서 끝나는 것이다.

그런데 그 죽음은 필연성보다는 절대성을 갖고 우리에게 다가오고 있다. 다가온다고 표현하기보다는 우리의 삶 자체가 죽음을 향해 가고 있는 것이다. 왜 사느냐, 무엇을 위해 사느냐고 물으면 결론은 죽기 위해 산다고 대답할 수도 있다. 인생의 중간 답을 괄호 안에 넣고 마지막 대답만을 찾는다면 죽음이 목적은 아닐지 모르지만 죽음이 삶의 끝임에는 틀림없다.

그래서 죽음을 멀리하거나 회피하려는 생각은 누구나 갖고 있다. 죽고 싶지 않으며 영원히 살고 싶다는 욕망은 삶의 본질에 깔려 있다. 살기를 원하면서도 죽음으로 가는 길. 그것이 인생이다. 삶과 죽음은 공존하지 않는다. 서로 괴리 관계를 이루고 있기 때문이다.

그러나 죽음은 다른 데 머물지 않고 삶 속에 있다. 삶 밖에는 머물 곳이 없기 때문이다. 그래서 인간은 불안, 공포, 절망을 삶 속에 안고 살도록 되어 있다. 죽음은 삶의 둥지 속에 불안과 절망의 정서와 사고를 키워주며 삶을 위협하고 있다. 그 죽음의 어두운 그림자인 것 같은 실체를 이겨내지 못하는 사람은 자살을 통해 삶의 굴레를 벗어나기도 한다.

그렇다고 해서 이 다가오는 죽음의 그림자는 멀어지지도 않으며 사라지는 법도 없다. 때로는 가장 강렬한 삶의 순간에도 유령과 같이 속삭이는 때가 있다. 신혼여행을 즐기는 젊은 생명의 대화 속에도 죽음의 그림자는 소리 없이 말해주곤 한다.

'먼 후일에 너희들이 여기를 다시 찾을 수 있을까? 60~70년 뒤에도…….'

사람들은 이러한 죽음을 처음에는 간접적으로 체험한다. 신문에서 누가 죽었다는 소식을 접한다. 그러다가 아는 사람이 죽으면 죽음의 사실을 가까이 느끼고 경험한다. 그러다가 사랑하는 사람이 죽으면 마치 내 삶의 일부가 사라지는 것 같은 허전함을 느낀다. 만일 나 자신과 같이 사랑하던 사람이 죽음을 맞게 되면 내 삶의 뿌리와 존재의 기반이 붕괴되는 듯한 허무감에 빠진다. 그만큼 죽음을 직접 체험하게 되는 것이다.

그러다가 그 죽음이 나 자신에게 엄습해온다. 그때는 불안이 공포로 바뀌며 모든 관심이 허무에 직면하는 절망의 늪으로 빠지게 된다. 그렇다고 해서 죽음 자체를 체험하는 것은 아니다. 죽음의 내용과 의미는 자각이나 반성을 용납하지 않기 때문이다. 죽음에 이르는 고통이나 죽음의 문을 열기까지의 과정을 체험할 뿐이다. 그래서 우리는 죽기는 하지만 죽음을 알지는 못하게 되어 있다.

그러나 우리는 이러한 죽음의 두 가지 면을 구별해 보기로 하자. 신체적인 면과 정신적인 면이다. 죽음의 신체적인 부분은 삶의 기능이 끝나는 것과 동시에 종말을 맞는다. 그 종말은 삶의 끝이기 때문에 무(無)에의 과정이라고 불러도 좋을 것 같다.

그러나 인간의 정신적 기능 즉, 의식 작용은 죽음과 더불어 끝난다고 하더라도 그 기능의 결과까지도 끝나는 것은 아니다. 소크라테스는 사형을 받아 죽었으나 그의 정의에 대한 신념은 그가 죽었기에 더 강하게 정신사를 움직이고 있지 않은가. 예수는 십자가에서 죽었다. 그러나 그 죽음 때문에 그의 정신은 인류의 역사를 지금도 새로운 방향으로 이끌어주고 있다. 크고 작은 차이는 있으나 값있는 죽음 때문에 인간은 희망과 빛을 얻고 있는 것이다.

이렇게 본다면 죽음은 신체로서는 끝나지만, 정신적으로는 죽음이 삶의 마무리가 되며 완결이 되는 것이다. 어떤 경우에는 죽음이 삶의 완성이 될 수도 있다. 예수가 십자가에서 죽을 때 "다 이루었다"라고 말한 것은 죽음이 삶의 완결과 완성임을 입증해주는 고백이었던 것이다.

내가 아는 화가는 암과 투병하고 있었다. 그는 암이 죽음으로 가는 과정인 것을 잘 알고 있었다. 그는 암이 내 신체적 생명을 빼앗아 가더라도 내 삶은 내가 유종의 미를 거둬야겠다고 결심했다. 그래서 뜻대로 움직여지지 않는 상반신을 의자에 묶고 그리고 싶었던 그림을 끝까지 그리다가 화필을 놓고 세상을 떠났다. 유종의 미를 거두고 싶었고 자신의 삶을 포기하지 않고 완결 짓고 싶었던 것이다.

이렇게 본다면 인간적 삶의 마무리, 즉 완결과 완성은 죽음을 통해 이루어진다는 생각이 옳을 것이다. 죽음은 왜 있는가. 우리 삶의 내용과 의미를 완결 짓기 위해, 완결이 완성이라면 죽음 없이 인생의 완성은 불가능하거나 무의미해지는 것이다.

삶은 죽음으로 가는 것이 아니라 완성으로 가는 것이다. 죽음은 모든 것을 빼앗아 가는 것이 아니라 우리의 삶을 완결 지어 남게 하는 것이라는 관념이 가능해진다. 그 완결된 것을 죽음 뒤에 남겨주는 것이다. 부모들이 유산을 자녀들에게 남겨주고 가듯이 우리는 우리들 삶의 유산을 죽음을 통해 사회에 남기는 것이다. 그래서 내가 인간들 속에 살아남게 되며 나의 삶이 시간적인 종말을 거쳐 역사 속에 살게 되는 것이다.

사람은 얼마나 오래 살아야 좋은가.

우리의 신체적 욕망은 오래 살수록 좋으며 죽음이 없으면 좋겠다고 기대할지 모른다. 그러나 그 결과는 어떻게 될까. 일본 사람들의 평균수명이 가장 높다고 한다. 그런데 등록된 치매 환자가 100만 명에 이른다고 한다. 등록되지 않은 사람까지 합친다면 그 다섯 배쯤은 될 것이라는 얘기다. 어려움을 다른 사람들에게 나누어주는 삶은 바람직한 것이 아니다.

서머셋 모음이 90세가 되었을 때 기자들에게 했다는 고백은 "지리하고 피곤해서 사는 것이 역겹다"는 것이었다. 자유롭지 못할 뿐 아니라 피로와 고통을 동반하는 노년기가 즐겁거나 행복할 리 없다. 오히려 생각이 건전한 늙은이들은 해가 서산에 지듯이 신체적 종말에 조용히 순응하는 편이 지혜로운 선택일 것이다.

만일 정서적으로 보거나 정신적 위치에서 몇 살까지 사는 것이 타당하냐고 묻는다면, 일과 더불어 삶을 즐길 수 있고 다른 사람에게 도움을 줄 수 있을 때까지 살았으면 좋겠다는 해답이 나올 것 같다. 사는 것이 즐겁지도 않으며 행복하지도 못하다면 더 살 의욕이 생기지 않는다. 그 즐거움과 행복의 기본 조건은 일을 할 수 있음이다. 청장년기에는 모르지만 늙어서 가장 아쉬운 것은 일이다. 일 없는 노년기는 자신과 이웃을 위해서도 반가운 것이 못 된다.

또 다른 사람에게 고통을 주거나 어려움을 주는 삶은 보람을 가져오지 못한다. 그것은 나 때문에 사랑하는 사람들에게 피해와 고통을 가하는 처사가 되기 때문이다.

물론 생사를 우리 마음대로 할 수 있는 것은 아니다. 그러나 생각으로 정리한다면, 일할 수 있고 다른 사람들에게 도움을 줄 수 있을 때까지 살 수 있다면 감사한 인생이 되지 않겠는가. 일에서 즐거움과 행복을 얻고 사랑하는 사람을 도울 수 있어 보람을 얻는다면 비록 노년기라고 하더라도 고귀한 삶이 될 수 있을 것이다.

그렇다면 오래 살고 싶다는 욕망보다는 늦도록 일하고 남에게 도움을 줄 수 있는 노년기를 갖자는 것이 타당할 것 같다. 그런 사람은 오래 살아도 욕되지 않고

백발이 영광이 될 수도 있을 것이다.

20세기에 가장 존경을 받는 인물 중의 한 사람은 슈바이처 박사다. 그는 세계적으로 인정받는 음악가였고 교회의 목사이기도 했다. 20대 중반에 대학교수가 될 정도로 유능한 인물이기도 했다. 그러나 그는 그 모든 것을 뒤로하고 아프리카의 버림받은 환자들을 위해 의사가 되었고 평생을 생명의 존중을 위해 저술하고 봉사했다.

그가 90세가 넘어 세상을 떠나게 되면서 친구에게 보낸 마지막 편지에는 "나는 누구보다도 축복 받은 사람이다. 60 평생을 불행한 환자들을 위해 봉사할 수 있었기 때문이다. 만일 내가 죽었다는 소식이 전해지더라도 슬퍼하기보다는 내 삶을 감사히 축하해달라"라는 내용이 남겨졌다. 그는 죽음을 며칠 앞둔 날까지 고통을 받는 환자들과 함께했다. 젊은 의사들이 쉬기를 권했으나 내 행복을 빼앗지 말라고 양해를 구했을 정도였다.

그가 훌륭한 생애를 살았기 때문이 아니다. 그렇게 사는 것이 남기는 바 있는 인생이며 그런 인생을 통해 인류는 선한 역사와 보람된 사회를 이어갈 수 있는 것이다. 남들이 오래 살기를 빌어주는 인생이 귀한 것이다. 내가 오래 살기를 욕심내는 것은 지혜로운 자세가 아닐 것이다.

호랑이는 죽어서 가죽을 남기고 사람은 죽어서 이름을 남긴다는 말이 있다. 동물은 필요한 물건을 남기면 되지만 사람은 정신적 유산이 있어야 한다는 뜻이다.

이때의 이름이란 성명을 가리키는 것이 아니다. 우리가 남긴 업적과 정신적 유산의 대명사인 것이다. 이순신 장군의 업적이 없었다면 그의 이름은 아무런 의미도 갖지 못한다. 그리고 그 업적은 죽음을 계기로 남겨지는 정신적 가치에서 평가되는 것이다. 신체적 죽음 뒤의 정신적 유산인 것이다.

그렇다면 우리는 죽음보다는 값있는 삶을 원하게 되며, 값있는 삶은 무엇을 남기고 가는가에 따라 평가되는 것이다.

물론 우리는 인생이 무의미하고 반가치적인 삶을 보낸 사람들은 평가의 대상으로 삼지 않아도 좋겠다. 필요악이라는 말도 있고 과정으로서의 악이 존재할 수 있다고 보기도 한다. 그러나 우리가 찾고 싶은 것은 선이며 선의 가능성을 위해 문제를 정리해보는 것이다.

인류는 긴 역사를 통해 많은 사람의 유산을 이어받아 왔다. 그중에서도 가장 많은 유산은 물질적인 것이다. 재산과 사업을 남긴 사람 등이 이에 속한다. 기업가를 비롯한 경제활동에 종사했던 선인들이 남겨준 유산이다. 그 유산과 유업은 앞으로도 계속해서 우리 삶의 재료를 쌓아줄 것이다. 경제적 풍요로움이 그것이다. 정치인의 대부분과 기술을 통한 업적들도 이와 비슷한 성격의 유업이 될 수 있다.

이에 비교하여 정신적 업적과 유산을 남겨준 고마운 사람들도 있다. 많은 학자, 사상가, 예술가를 비롯한 정신적 지도자들의 업적이 여기에 속한다.

물질적인 것을 취급한 사람들은 생전에 그 물질적

혜택을 받아 즐길 수 있었으나 정신적 업적을 남긴 사람들은 이웃과 사회에 주기 위한 노력이었기 때문에 그 노력은 더 귀했을지 모른다. 많이 갖고 적게 주는 사람은 감사의 대상이 될 수 없으나 적게 갖고 많은 것을 주는 사람은 고마움과 감사의 대상이 되어 좋은 것이다.

또 많은 돈을 벌거나 큰 사업을 하지 못했고 학자나 예술가도 못 되었지만 봉사의 뜻을 남긴 사람들도 있다. 진정한 의사는 많은 사람의 건강을 위해 봉사했고 참다운 교육자는 사람다운 사람을 키우는 데 정성을 쏟았다. 그래서 고마운 사람들로 존경을 받을 수 있었던 것이다.

이런 봉사 정신을 가장 높이 남긴 이들 가운데 공자, 석가, 예수 같은 스승들이 속한다고 보면 그 뜻이 쉽게 이해될 수 있을 것 같다. 공자는 아인슈타인 같은 과학자가 될 능력을 갖추고 있지 못했다. 베토벤의 음악적 소질은 석가와 비교할 필요가 없다. 예수는 플라톤과 같은 저작을 남기지 않았다.

그러나 우리는 그들을 어떤 과학자나 예술가보다도 존경하며 크게 성공한 기업가나 정치인과는 비교하지 않는다. 그 이유는 간단하다. 그들은 인간으로 하여금 인간다운 삶을 살도록 이끌어준 스승이었기 때문이다.

우리는 테레사 수녀의 죽음을 애도했다. 병원에서 환자를 치료해준 의사는 많다. 지금도 아프리카에는 슈바이처 박사가 세운 병원보다 큰 병원을 운영하는 이들이 있다.

그러나 슈바이처 박사나 테레사 수녀가 존경을 받는 것은 그들이 노벨평화상을 받았기 때문이 아니다. 그들은 가장 고귀한 사랑을 베풀고 나누어주었기 때문이다. 어울리지 않는 표현일지 모르나 인간애의 극치를 깨우쳐준 사람들이다. 그들의 정신 속에는 사랑을 위한 순교자의 뜻이 있었던 것이다.

물질적 유산이 물질적인 것을 이어가며 정신적 유업이 정신적 풍요로움을 더해주고 있으나, 생명과 인간에의 사랑은 더 고귀한 뜻을 갖고 우리의 삶을 이끌어갈 수 있기 때문에 귀한 것이다.

이렇게 본다면 우리는 고귀한 것을 남기기 위해 최선의 삶을 살고 그것들을 소유하지 않고 유산으로 남겨주기 위해 죽음을 맞게 된다고 보아도 좋을 것 같다.

이런 생각을 하게 되면 우리는 물질적인 일에 종사한 사람이 값있는 유산을 남기기 어렵고, 정신적 유산을 남긴 사람이 그보다 귀한 삶을 산 것 같은 인상을 받기 쉽다. 그리고 인간적 봉사의 책임을 맡은 사람은 더 훌륭한 인생을 산 것으로 생각하게도 된다.

물론 일률적으로 보았을 때는 그런 사고를 할 수가 있다. 그러나 기업을 통해서 더 많은 봉사를 한 사람도 있고 종교의 미명 아래 이웃에 불행과 고통을 준 사람들도 있다. 현대사회에서도 종교 분쟁이나 잘못된 교리 때문에 사회적 죄악을 일삼는 것을 보면 그것은 사회에 대한 기여나 봉사하고는 거리가 멀다.

그렇다면 어떤 직업이나 인생을 살았는가보다는 얼마나 많은 사람에게 인간적인 봉사를 했으며 인간다운 삶을 도왔는가에 평가의 표준을 두어야 하겠다.

가장 어리석고 불행한 사람은 자신의 소유와 향락을 위해 산 사람이며, 자신의 이기적인 욕망 때문에 다른 사람에게 불행과 고통을 안겨준 삶은 비판을 받아 마땅하다. 그와는 대조적으로 모든 노력과 삶을 더 많은 사람의 인간다운 삶을 위해 바칠 수 있었다면 고귀한 유산을 남겨준 것으로 보아야 할 것이다.

이렇게 생각을 정리해보면 신체적인 죽음은 하나의 불가피한 과정일 뿐, 삶의 의미는 죽음을 초월한 유업에서 평가를 받아야 할 것이다. 그렇게 본다면 죽음은 삶의 종결이며 죽음을 통해서 인생의 완성 여부가 판가름된다고 볼 수도 있을 것이다.

그래서 예로부터 어떤 인생을 살았으며 어떤 죽음을 맞이했는가를 물어왔던 것이다. 부끄럽고 무가치한 죽음을 택할 수도 있고 고귀하고 존경스러운 죽음을 맞이할 수도 있기 때문이다. 그리고 죽음은 일생의 종합적이며 종말적인 평가의 기점이 되어왔던 것이다.

죽음을 인생의 끝이라고 해서 일률적으로 우리 삶의

목적이라고 볼 수는 없다. 그러나 자연스럽게 찾아오는 죽음에 비해 값있고 고귀한 죽음을 선택할 수는 있다. 그리고 역사를 빛낸 위대한 사람들은 훌륭한 죽음을 선택했던 사람들이다. 그 선택을 살아 있는 동안에도 지니고 있었던 사람들에게 죽음은 차원 높은 삶의 목적일 수도 있었던 것이다.

역사는 그런 죽음을 순교자의 정신이라고 말한다. 순교자는 더 고귀한 삶을 위해 스스로 죽음을 선택했던 선구자들이었다. 그래서 가장 비열한 사람은 자살자이며 가장 고귀한 삶은 순교자에게서 나타나곤 했다.

따져보면 세계사의 인물들이 그런 죽음의 정신을 실천한 사람들이었고, 민족 역사의 빛나는 삶들이 그런 죽음을 선택한 데서 계승되었던 것이다. 이순신 장군의 일생은 조국을 위한 삶이 조국을 위한 죽음으로 이어져 그 큰 뜻을 성취시킨 것이다. 간디는 인도 국민을 위해 살았고 그 국민을 위한 죽음으로 이어졌던 것이다. 그 죽음이 위대했기 때문에 그의 생애도 위대했고 그 위대한 생명력과 정신적 빛이 인도 국민과 인류에 남게 된 것이다.

그렇다면 죽음을 선택할 수 있는 사람은 최선의 삶을 산 사람이며 그 선택이 가능했다면 그의 죽음은 곧 인생의 목적이 될 수도 있는 것이다.

역사에서 가장 죽음다운 죽음을 택한 사람, 마치 죽음이 목적이어서 산 사람. 그 표준은 예수 그리스도에게서 찾아볼 수 있을 것이다. 그의 짧은 생애의 마지막 부분을 보면, 더 크고 영원한 삶을 위해서 죽음을 찾아간 과정이었다. 그는 죽음을 위해 가야 한다는 교훈을 여러 번 남겨주었다.

그래서 그리스도인들은 죽음이 은총의 선택일 수 있으며 그것은 구원의 가능성을 뜻한다고 믿고 있다. 그런 죽음이었기에 그 죽음은 부활의 의미를 포함하면서도 영원한 삶과 통하는 것으로 받아들여지고 있는 것이다.

인생의 야간열차

어디선가 다음과 같은 이야기를 들었다.

우리 모두가 야간열차를 타고 인생의 길을 떠났다. 멀고 먼 여정이다. 천 년뿐만이 아니라 만 년을 달리는 야간열차다.

그 열차에 탄 사람들은 제각기 정해진 정거장에 내려야 한다. 어떤 이는 50년을 타고, 또 어떤 사람들은 60년이나 70년, 어떤 이는 100년 동안 같은 열차를 타고 가다가 정해진 시간에 내려야 한다. 밖은 어둡다. 내려서 어디로 가는지는 누구도 모른다. 자기 자신도 모르는 길이다.

삶의 열차에서 내린다는 것은 죽음으로 간다는 뜻이며, 죽음 뒤의 사실은 누구도 모른다. 대부분의 사람들은 인생의 열차에서 죽음의 정거장에 내리지 않으려고 애쓴다. 가족을 두고 어디로 가느냐고 호소도 해본다. 어둡고 캄캄한 밤인데 어디로 가야 하느냐고 물어보기도 한다.

그러나 때가 오면 누구나 야간열차에서 내려야 한다. 열차는 그대로 달리기 때문에 내린 사람의 운명은 누구도 모른다.

이상하게도 이 인생의 야간열차에서는 똑같은 시간에 똑같이 내리고 싶어도 그것이 허락되지 않는다. 같은 순간에 죽음을 택했다고 해도 열차에서 내리면 모두 자기 길을 가게 되는 것이다. 공존(共存)이란, 삶이 허락된 열차 안에서만의 일이다.

우리 모두가 이러한 인생의 야간열차를 탄 채 달리고 있다. 100년쯤 지나면 열차 안 사람은 모두 바뀐다. 50년만 지나도 아는 사람들의 얼굴이 반이나 사라진다. 그동안 어두운 열차 밖으로 이미 내렸기 때문이다.

여기 갑이라는 사람이 있다. 그는 열차를 타고 있는 동안에 열심히 돈을 벌었다. 그 돈으로 값진 물건들을 사고 먹을 것을 많이 장만하고 좋은 옷을 입으며 살았다. 그러는 동안에 늙었다. 얼마 뒤에는 야간열차에서 내려야 할 단계가 되었다.

그는 내리고 싶지 않았다. 먹을 것이 없어서 고생하는 사람에게 밥 한 그릇도 주지 않을 정도로 아껴 모았던 돈을 어떡하고 내린다는 것인가. 이렇게 귀하게 간직하고 한 시간도 잊은 일 없이 부둥켜안고 있던 물건들을 누구에게 주고 내린다는 것인가.

그렇게 애태우고 있는 동안에 죽음의 신이 온다. 내릴 순간이 되었다는 것이다. 갑은 한 번 더 짐보따리를 부둥켜안아본 뒤에 밖으로 끌려 나간다. 어둠만이 깔린 밖으로 나가야 하는 것이다.

남은 가족은 그 돈, 물건, 먹을 것들을 나누어 가진다. 그러고는 고마운 아버지였다고 말한다. 그러나 열차 안에 타고 있던 사람들은 말없이 바라보고 있을 뿐이다. 그중의 한 사람이 말했다. "돈과 물건을 무척 사랑하더니 저것들을 어떻게 내놓고 내렸나?"라고.

을이라는 사람이 같은 열차에 타고 있었다. 그는 예술에 열중하는 일생을 살았다. 젊었을 때는 가난 때문에 굶는 일도 있었고 평생을 호화로이 살아보지는 못했다. 몇 사람의 친구들과 따뜻한 우정을 나누었을 뿐이다. 그러면서도 그는 몇 권의 작품을 남길 수 있었다.

그는 돈이나 물건에는 별로 관심이 없었다. 추울 때는 남루한 외투로 시간을 채웠고, 더울 때는 땀을 흘리면서 열심히 원고를 썼다.

그도 시간이 찼다. 결국은 밖으로 내리는 운명을 맞은 것이다. 그는 몇 사람에게 인사를 나누면서 "좀 더 좋은 작품을 남기고 싶었는데……"라며 작별 인사를 했다.

그도 밖으로 내려버렸다. 열차는 여전히 달리고 있다. 열차 안 사람들은 그가 내린 뒤 그의 작품을 읽고 있었다. 모두가 고마운 분이라고 말했다. 고생은 했지만 우리들에게 큰 즐거움을 안겨준 사람이라고 입을 모았다.

병이라는 사람도 있었다. 그는 열차 안을 수없이 돌아다녔다. 병든 사람들에게 위로와 약을 주기 위해서였고, 고통을 안고 사는 사람들에게 마음의 위안을 주려고 찾아다녔다.

어떤 때는 자신이 먹을 것을 가난한 사람에게 주기도 했고, 어떤 사람에게는 말없이 위로의 뜻을 주고 싶어 같이 잠들기도 했다.

거의 평생을 그렇게 살았다. 사랑과 봉사밖에 모르는 일생을 살았다. 누구에게나 같은 미소와 친절과 사랑을 베풀었다. 마치 그는 버림받은 사람을 위해 이 열차를 타고 있는 것 같은 인상이었다.

그도 때가 찼을 때 열차에서 내렸다. 많은 사람들이 그를 아쉬워했다. "저분은 좀 더 우리와 같이 있었으면 했는데……." 그리고 또 한 사람이 말했다. "우리도 저분의 뜻을 받들어 불행한 이웃을 도울 수 있어야 하는데……"라고.

우리는 그중 어느 편을 택해야 할까? 어떤 인생을 살아야 할 것인가?

사람은 얼마나 오래 사는 것이 좋은가

몇 해 전 한 후배 교수가 49세의 나이로 세상을 떠났다. 모두가 애석한 마음을 누를 길이 없었다.

한 교수가 말했다.

"그래도 예순까지는 살아야지 너무 일찍 세상을 떠났다."

한창 일할 나이에 죽었기 때문에 아쉬움도 그만큼 컸던 것 같다.

그렇다고 해서 살고 싶은 나이를 다 산다면 그것도 큰일이다. '고려장'이 계속 증가할 것 같기도 하다. 세상은 노인들로 가득 찰 것이고.

건강하게 오래 사는 것이 우리의 소원이다. 병으로 고생할 바에는 죽음으로 그 고통에서 벗어나게 해주는 것이 자연의 섭리인 것이다. 그렇다면 건강을 비롯한 여러 조건을 포함해 몇 살까지 사는 것이 바람직할까?

우선은 그 사회의 평균수명만큼은 살고 싶을 것이다. 남들이 사는 것만큼 나도 살고 싶다는 욕망은 잘못이 아니다. 그렇다고 해서 평균수명을 넘긴 사람에게 "이제는 죽어도 되겠습니다"라고 말해보라. 90이 넘어서도 이제는 죽고 싶다든지 죽어야겠다는 사람은 없다. 장수는 인간의 최고, 최대의 염원이기 때문이다.

이런 생각을 할 때마다 내 친구였던 한 의사의 말이 떠오르곤 한다.

"더 이상 일을 할 수 없게 되고 남에게 도움을 줄 자신과 능력이 사라지면 죽음을 맞는 것이 나을 것이다."

내 친구는 부인이 먼저 세상을 뜨고 몇 해 뒤 자신도 세상을 떠났다. 아직 더 일할 수 있는 나이였는데…….

또 하나 내 기억에 머무는 얘기가 있다. 교도소로 열

아홉 살 난 아들을 면회 가는 어머니의 하소연을 들은 바 있다. 아들이 친구를 죽인 것이다. 그 어머니는 허탈 상태에 빠져 있었다. 그녀는 "내가 저 자식을 낳지 않았으면 얼마나 좋았을까"라고 했다. 가장 사랑하는 자식의 삶을 부끄럽게 여기는 어머니도 있다고 생각하니, 오래 산다는 것이 결코 즐거움만은 아닌 듯하다.

이런 일들을 직간접으로 경험하고 나면 우리는 삶 자체의 의미가 죽음과 연결되어 있음을 깨닫게 된다. 또한 자신의 삶의 의미가 어디까지 받아들여질 수 있을까 묻게 된다. 일이 끝나고 더 이상 다른 사람들에게 도움을 줄 수 없다고 판단되면 고마운 마음으로 죽음을 맞아들여도 좋을 것 같다.

그렇다면 오래 살고 싶다는 욕망보다는 많은 일을 해야겠다는 의지가 더 중요하며, 건강만 하면 된다는 자기중심의 생각보다는 작은 도움이라도 주면서 살자는 정성과 노력이 더 귀한 것 아니겠는가?

따라서 진정한 문제는 신체적 건강과 같은 그릇이 목적이 아니라 그 그릇에 무엇을 담는가 하는 것이겠다. 건강이 허락하는 데까지 일하고 이웃에게 작은 도움이라도 줄 수 있다면 그 사람의 장수는 축복받은 것이며, 경하해주어야 마땅할 것이다.

생사는 인간의 뜻대로 되지 않는다. 모든 것이 생각대로 된다면 무엇이 어렵고 무엇이 걱정이겠는가. 사랑하는 가족에게 이제는 갈 때가 되었다고 말하는 사람도 없고, 이제는 죽어도 좋겠다고 스스로 판단할 사람도 없다. 죽음은 언제나 타의와 타력에 의한 종말인 것이다.

그러나 마지막까지 일하고, 남에게 기쁨과 도움을 주면서 살았으면 좋겠다는 생각과 소원은 누구나 지닐 수 있는 값진 가능성 아니겠는가!

100세 철학자의 행복론

초판 1쇄 발행 2022년 11월 28일
초판 5쇄 발행 2024년 5월 28일

지은이 김형석
펴낸이 정중모
펴낸곳 도서출판 열림원

출판등록 1980년 5월 19일(제406-2000-000204호)
주소 경기도 파주시 회동길 152
전화 031-955-0700
팩스 031-955-0661
홈페이지 www.yolimwon.com
이메일 editor@yolimwon.com
페이스북 /yolimwon
트위터 @yolimwon
인스타그램 @yolimwon

주간 김현정
편집 박지혜 김은혜 김혜원 정소영
디자인 강희철
마케팅 홍보 김선규 최은서 고다희
온라인사업 서명희
제작 관리 윤준수 고은정 구지영 홍수진

ISBN 979-11-7040-149-0 03810